LA LIBRAIRIE DU XXIe SIÈCLE

Collection

dirigée par Maurice Olender

Jean-Claude Grumberg

De Pitchik à Pitchouk

UN CONTE
POUR VIEUX ENFANTS

Éditions du Seuil

ISBN 978-2-02-152971-5

www.seuil.com

Pour Jeanne

À Noël dernier, mes enfants, ils sont presque tous déjà grands-parents, sont passés me faire coucou avant de rejoindre leurs propres enfants qui donnaient une fête je ne sais plus où. Moi, je n'ai pas eu le cœur de me joindre à eux. Ils ne me l'ont du reste pas proposé. Je me suis donc retrouvée seule chez moi. Ne sachant pas quoi faire, j'ai décidé de regarder la télé, mais je n'y ai rien trouvé d'intéressant, pardon, rien qui m'intéresse. Depuis quelque temps je ne trouve rien d'intéressant, ni à la télé, ni ailleurs d'ailleurs. Bon, c'est comme ça, dit-on, quand on vieillit trop.

Je me suis donc mise au lit, mais là je n'ai pas trouvé le sommeil. Où s'était-il donc caché ?

Je me suis relevée, j'ai parcouru l'appartement et je m'y suis perdue en passant ainsi d'une pièce à l'autre, tout en me disant que si j'étais encore jeune je ne serais pas seule une nuit de Noël, oui. Quand j'étais encore jeune, moins vieille disons, j'avais mon mari auprès de moi, et du coup je n'étais jamais seule. Nous étions seuls à deux, en tête à tête, la nuit de Noël, quand les enfants étaient enfin couchés, fébriles, et qu'ils s'endormaient en rêvant aux cadeaux, aux paquets qu'ils allaient découvrir le lendemain dans leurs chaussons fourrés au pied du sapin.

Alors, mon mari et moi – Isidore, il s'appelait Isidore, je l'appelais Isy, tout le monde l'appelait Isy –, nous passions des nuits de Noël formidables, inoubliables. La preuve, je ne les ai pas oubliées. Nous descendions marcher dans la neige, quand il y en avait, et sous la pluie, quand il pleuvait, main dans la main. Et voilà, ce soir-là j'étais seule à jamais, et ni il ne neigeait, ni il ne pleuvait. Et dehors on ne voyait rien, pas même la lune. C'était la nuit noire, une nuit à ne pas mettre une vieille dame veuve dehors. Et puis, et puis, toute seule, je ne savais vraiment pas où aller.

Me remettre au lit ? Je n'avais plus sommeil du tout, et puis j'avais peur de ne jamais retrouver le sommeil. Où aller ? Où peut-on aller quand on est seule une nuit de Noël, et qu'on est vieille et insomniaque ? C'est alors que j'ai eu une idée que je n'hésite pas à qualifier de géniale : si j'allais voir dans ma propre cheminée si oui ou non le père Noël pouvait y passer pour déposer des cadeaux au pied du sapin.

J'ai enfilé ma robe de chambre, la blanche, la plus chaude, et je me suis glissée dans ma cheminée. Je dois reconnaître que j'ai eu un peu de mal à me mettre à quatre pattes pour me glisser dans le bas de cette cheminée Napoléon III. Curieusement, par contre, je n'ai eu aucun mal, une fois dedans, à me redresser et même, en m'aidant de mes coudes et de mes genoux, à m'élever peu à peu à l'intérieur. Là, j'ai pu constater qu'elle était très propre et joliment décorée par des farandoles de toiles d'araignée qui faisaient réellement penser à des décorations de Noël. Ah, pas à celles des Champs-Élysées, non, bien sûr, mais, disons, à celles du boulevard Saint-Germain. Il est vrai que je n'avais jamais fait de feu dans cette cheminée, par respect sans doute pour le père Noël, afin de ne pas lui compliquer la tâche.

Au bout de quelques centimètres de reptation verticale, je me suis reposée en m'appuyant contre la paroi de la cheminée et en me cramponnant à quelques toiles d'araignée qui me paraissaient si solides qu'elles m'inspiraient confiance. Là, j'ai constaté que cette balade était la plus belle balade que je pouvais faire seule une nuit de Noël puisque celui que j'ai aimé, et que j'aime encore, et qui m'a quittée, n'est plus là pour m'accompagner. J'ai regretté très fort qu'il ne soit pas avec moi dans cette cheminée pour s'extasier lui aussi sur la beauté de cette balade et son originalité. Lui aussi se serait cramponné à une toile d'araignée. Oui, il aurait été heureux lui aussi, j'en suis sûre, dans notre cheminée.

Quand on est vieille et seule, on aime se balader sans sortir réellement de chez soi. Ma cheminée était l'endroit idéal pour ça, à la fois dedans et un peu dehors. Oui, passer par la cheminée pour rejoindre enfin le ciel et ceux qui y sont déjà, retrouver mon mari et tant d'autres partis avant lui, c'était ça le futur pour moi. Passer par la cheminée, l'avenir et le passé… Et en y pensant soudain je me suis mise à pleurer, à pleurer de tristesse et aussi de joie. Maintenant,

maintenant, j'étais sûre que le père Noël existait. Peut-être était-il déjà sur le toit, mon toit, peut-être allait-il surgir dans un instant avec sa hotte et sa barbe blanche ?

C'est alors qu'un gros bonhomme, un gros gros bonhomme m'est tombé dessus. Il s'est retrouvé coincé entre sa hotte et moi. On ne pouvait pour ainsi dire absolument plus bouger, ni lui ni moi, et aussitôt il s'est mis à gueuler :

– Qu'est-ce que vous foutez là ?! Ça va pas non ?! Nom de Dieu de nom de Diou ! Nom de Diou de nom de Dieu !

Il était dans une colère noire.

– Je vais vous foutre un procès au… pardon, madame, un procès au chose ! Vous m'avez coincé dans l'exercice de ma fonction ! Ça va pas se passer comme ça ! C'est moi qui vous le dis !

C'était le père Noël, le père Noël lui-même ! Noir de suie, la barbe dégoûtante, le nez rouge, le chapeau couvert de toiles d'araignée. Je me cramponnais à ce qui restait de celle qui me soutenait auparavant.

Et lui il haletait, il hurlait :

– Vous êtes folle ! Folle ! Qu'est-ce que vous foutez là, bon Diou ?

Je lui ai répondu calmement :

– Je me balade.

– Vous vous baladez ! Elle se balade ! Sans voir que vous bloquez la circulation ! Vous pouvez vous balader toutes les nuits de toute l'année, excepté cette nuit !

– Pardon, pardon, mais moi, je me balade chez moi.

– Comment ça chez vous ?

– Je suis dans ma propre cheminée, cher père Noël.

– Vous m'avez reconnu, alors vous savez bien que la nuit de Noël, il faut laisser la cheminée libre ! Libre ! Sinon comment voulez-vous que je puisse livrer mes paquets, mes cadeaux ?

– Père Noël, hélas, il n'y a plus d'enfants depuis bien longtemps au bout de cette cheminée, plus de jouets, plus de cadeaux, plus de jeux à livrer.

– Quoi quoi ? Plus de quoi ? J'ai un paquet, moi ! À fourrer dans une godasse !

Il a réussi en se tortillant à sortir de sa hotte un paquet très plat.

– Voilà un paquet, madame, un cadeau.

– Et pour qui est ce paquet, si je puis me permettre ?

– Pour un enfant, tiens !

– Faites voir.

– Nan nan nan nan nan. Comment vous vous appelez d'abord ?

– Comment ?

– Votre nom ? C'est quoi votre grand nom et votre petit nom ?

– Je m'appelle madame Rosenfeld.

– Quoi quoi quoi quoi ?

– Rosette Rosenfeld.

Le père Noël a mis ses lunettes et jeté un coup d'œil sur l'étiquette du colis qu'il tenait encore en main.

– Rosette Roten Rosen... Comment vous dites ? Comment vous vous appelez au juste ?

– Quand j'étais petite, quand je recevais des cadeaux, je ne m'appelais pas Rosenfeld, je m'appelais déjà Rosette, mais pas Rosenfeld. Rosenfeld c'est le nom de mon mari. Isidore Rosenfeld, l'homme de ma vie. Quand j'étais petite, je m'appelais déjà Rosette, mais...

– Vous vous appeliez comment alors quand vous étiez petite ?

Le père Noël s'énervait de plus en plus, essayant de nettoyer les débris de toiles d'araignée qui lui bouchaient la vue et se collaient à son gros nez rouge.

– Mon nom de jeune fille, c'était Korenbacherovitch.

– Quoi quoi quoi qui qui qui ? Quoi vous dites ? Comment ça s'écrit ?

– Comme ça se prononce : Korenbacherovitch. Je sais, je sais, c'est un nom à coucher dehors une nuit de Noël, mais c'était mon nom, Rosette Korenbacherovitch.

Le père Noël tendait le nez vers l'étiquette de son paquet.

– À l'école on m'appelait Korenbacher et, quand la maîtresse éternuait, je criais « présente ! ».

– Ah oui oui, j'ai compris, j'ai compris, mais je ne me souviens pas de ce nom-là.

– Vous ne passiez pas chez nous, vu que quand j'étais petite, quand j'étais bébé, il n'y avait pas de cheminée dans la maison où on habitait.

– Pas de cheminée ?

– Oui, il y avait deux radiateurs. Et le soir du réveillon de Noël j'avais très peur que vous ne puissiez pas m'apporter la poupée que j'avais commandée, ou les jouets que je désirais. Je demandais à mon papa : « Comment il va faire ?

– Qui ? De qui tu parles ?

– Ben du père Noël. Comment il va faire ? »

Il faut dire, père Noël, que mon papa, et ma maman aussi d'ailleurs, croyaient plus à la révolution qu'au père Noël.

– Ah ah… et toi ?

– Moi je croyais un peu à la révolution et un peu aussi au père Noël, mais j'étais toujours déçue.

– Déçue ? Ah oui ? Par la révolution ou par le père Noël ?

– Ni par la révolution ni par vous, père Noël. Pendant longtemps, le matin de Noël, je trouvais une orange, ou quelquefois une mandarine, dans une de mes chaussures d'hiver. Mon père riait et se moquait de moi. « T'as vu, Roro – il m'appelait Roro –, t'as vu, le papa Noël a pas pu t'apporter ta grosse poupée parce que pour passer dans un tuyau avec une grosse poupée, c'est difficile, mais il s'est débrouillé pour fourrer une orange dans ta chaussure. Il est bien brave, ce papa Noël ! » Et il riait, et il riait. Après on se partageait l'orange, chacun deux ou trois quartiers, et on se régalait, et moi je pleurais, pas parce que je n'avais pas eu ma poupée, mais parce que j'aurais bien voulu manger l'orange toute seule. Mais mon papa et ma maman ils étaient pour le partage, c'étaient des partageux. Enfin, je vous remercie quand même de m'avoir apporté ces oranges, père Noël !

– Non non non non, moi je ne livrais que les paquets. Les paquets, les cadeaux, pas les oranges. Et moi je passais par les cheminées, pas par les tuyaux. Bon, c'est pas tout ça, j'ai un paquet à livrer.

– À qui ?

– En tout cas c'est à livrer ici.

– Ici ?

– Oui.

– Mais à quel nom ?

– Marie-Joséphine Quincampoix.

Je me suis mise alors à rire malgré moi.

– Ça vous amuse ?

– C'est ce nom ! C'est un nom à coucher dehors dans la neige, et même sous la glace ! Quincampoix !

– Vous la connaissez ? Vous connaissez cette mademoiselle Marie-Joséphine ou Marie-Caroline… ah c'est mal écrit – c'est moi qui l'ai écrit –, bon, je vous fais confiance, vous lui donnerez. Merci.

– Non, je ne connais pas de Marie-Machine Trucmuche.

– Vous ne la connaissez pas ? Pourtant elle habite ici !

– Mais non, jamais entendu parler.

– Voilà voilà, je me suis encore gouré de cheminée, ah là là là là là là, nom de Dieu de nom de Diou !

Le père Noël était au bord des larmes.

– J'cn ai marrc ! J'cn ai marrc ! Si vous saviez comme j'en ai marre !

Il m'a tendu le paquet comme il pouvait, vu notre position.

– Vous donnerez ça à un enfant de chez vous.

– C'est que je n'ai plus beaucoup de gosses autour de moi.

J'ai quand même pris le paquet et, curieuse, comme si j'avais attendu moi aussi un cadeau, je lui ai demandé d'une voix de quand j'étais petite qui est sortie de moi bizarrement :

– Je peux l'ouvrir ?

– Non non non non non ! C'est un enfant qui doit l'ouvrir, c'est un cadeau de Noël, un paquet pour un enfant. Vous avez bien une petite-fille qui traîne ?

– Oui, oui…

– Eh ben vous lui donnerez de ma part, de la part du père Noël.

– C'est quoi ?

– À voir le paquet, sa taille et son épaisseur, ça m'a tout l'air d'être un Babar.

– Un Babar ! Ma petite-fille, la plus jeune, a plus de dix-huit ans, elle ne lit plus Babar depuis longtemps !

– Elle a tort. Tout le monde doit lire Babar, l'âge ne fait rien à l'affaire. Ainsi moi, je lis encore Babar.

– Moi je ne l'ai jamais lu.

– Eh ben ça vous donnera l'occasion de commencer ! Allez, salut, bon Noël ! Et bon jour de l'an ! Et même bonne fin des temps !

– Je ne veux pas priver Marie-Joséphine Poiscassé ou je ne sais quoi, enfin un enfant, quel que soit son nom, de son Babar. Elle l'attend sûrement.

– Eh ben elle l'attendra !

Le père Noël a balancé le paquet, et donc Babar avec, en bas de la cheminée.

– Voilà ! Vous croyez quand même pas que je vais regrimper là-haut, me taper la descente jusqu'en bas, escalader un autre toit et descendre dans une autre cheminée pour glisser un Babar dans un chausson fourré ! Ça va comme ça, hein ! Ça va comme ça ! J'en ai marre, je vous dis, j'en ai plein ma hotte ! Je suis à bout, je suis à bout !

Il est devenu tout rouge et s'est mis à trembler.

– Je suis malade, malade ! Je vais me faire porter pâle. C'est fini pour moi, les cheminées, les paquets, les souliers.

– Père Noël, au lieu de discuter tassés dans cette cheminée où nous sommes assez mal à l'aise, enfin je parle pour vous comme pour moi…

– Moi ça fait des siècles que je traîne dans des endroits pareils ! J'en ai par-dessus la tête ! Et vous savez, dans le quartier, il y a des gens qui font encore du feu même la veille de Noël ! Vous vous rendez compte ? La veille de Noël, ils font du feu.

– Non ?! Le soir du réveillon ?! Non ?!

– Si je vous l'dis !

– Père Noël, si on descendait s'installer confortablement dans mes deux petits fauteuils crapauds, près de la cheminée, qui nous tendent leurs bras dodus ? Ça vous permettrait de souffler un brin et je pourrais vous offrir un thé citron.

– Ah non non non, je ne bois jamais pendant le service, dit-il tout en se glissant en bas de la cheminée et en se jetant dans l'un des fauteuils.

– Non non, celui-là c'est le mien, prenez celui-ci, c'était celui de…

– D'accord, d'accord.

Une fois installés, je lui ai dit :

– Jamais en service, d'accord, mais juste un thé…

– Non non non, surtout pas de thé ! Pas de thé !

– Mais pourquoi pas de thé, père Noël ?

– Ça donne envie de faire pipi, le thé. Et vous me voyez, coincé dans une cheminée, avec en plus une envie de…

Je me suis mise à rire très fort. Il est devenu tout rouge.

– Ça vous fait rire ? Ça vous fait rire ? Je voudrais vous y voir, tiens ! Coincée dans la cheminée avec une envie de… qui vous prend à la gorge !

J'ai ri de plus belle tout en m'imaginant, moi aussi, coincée dans la cheminée avec l'envie de…

Le père Noël a repris :

– Allez-y, allez-y, riez, tout le monde se fout de moi aujourd'hui. Tout le monde se marre quand on parle du père Noël.

– Père Noël, si vous aviez envie de vous soulager, sachez que ce serait un honneur pour moi de vous accueillir dans mes toilettes et un honneur aussi pour mes toilettes de vous recevoir, n'hésitez pas, n'hésitez pas.

– Non non non, c'est hors de question, je ne bois jamais et je ne vais jamais dans les toilettes des parents des enfants chez qui je dois livrer un cadeau. C'est la règle. Jamais, jamais.

– Je comprends, je comprends. Allez, reprenez votre souffle, reprenez votre calme.

Le père Noël haletait. Déboutonnant le haut de sa tunique, essayant d'enlever son chapeau, en nage, il a murmuré :

– Je crois que c'est la fin. Je crois que je vais crever là.

– Il n'en est pas question, père Noël ! Que deviendraient les enfants ?

– Ils s'en foutent bien, les enfants !

– Ne dites pas ça, ne dites pas ça ! Les enfants vous aiment, ils vous espèrent, ils vous attendent.

– Bouh bouh bouh bouh bouh…

Le père Noël s'est ratatiné tout en faisant « bouh bouh bouh bouh », et dans la seconde il s'est endormi. Il était réellement crevé. Alors moi, assise dans la nuit à côté de lui, j'ai pensé à toutes les autres nuits, et même à tous les autres jours que j'avais passés là, dans mon fauteuil, à côté de mon Isidore assis dans le sien. Oui, j'ai pensé à toutes ces nuits, les nuits de Noël et les autres, passées côte à côte, parfois il me tenait la main, parfois nous regardions tous deux la télé quand les enfants étaient enfin montés se coucher et qu'ils attendaient en rêvant le matin, l'ouverture des cadeaux déposés près de la cheminée dans leurs multiples chaussons, comme s'ils avaient quinze pieds tant il y avait de cadeaux. Et lui, mon Isidore, dès que la télé était allumée, il se mettait à dormir, comme le père Noël maintenant, et moi j'adorais le regarder dormir devant la télé. Parfois je lui prenais la main et je l'embrassais. Il se réveillait alors en sursaut et je lui proposais de sortir dehors faire un tour, dans la neige quand il neigeait, sous la pluie quand il pleuvait. Une fois même je lui ai proposé de monter carrément sur le toit pour découvrir de notre toit à nous tous les toits de Paris couverts de neige. C'était si beau, oui, si beau.

J'en étais là quand le père Noël soudain, comme s'il avait entendu mes paroles, s'est redressé, prêt à partir.

– Allez, j'y retourne.

– Père Noël, ne partez pas sans vous être soulagé. Je vous offre mes W.-C. de bon cœur, si si, ça me fait plaisir.

– Non non non non non, c'est contraire à la charte des Pères Noël associés.

– Associés ?

– Oui, les papas Noël associés.

– Associés ? Ça signifie que ?

– Ça signifie que nous, tous les pères Noël, nous nous sommes regroupés au sein d'une association afin de faire respecter nos droits et devoirs.

– Cela veut dire que vous n'êtes pas le seul père Noël ?

– Le seul !!! Vous êtes malade !

– Pourquoi dites-vous ça ?

– Vous croyez, ma petite Rosette, vous croyez que moi tout seul, qu'un seul père Noël suffirait à livrer tous les cadeaux à tous les enfants de la terre en une seule nuit ! Non non non non. On a chacun un secteur. Moi j'ai le secteur Seine-Buci. Je suis le père Noël de Seine-Buci, tout autour du carrefour de l'Odéon, vous voyez où c'est ?

– Oui, c'est là que j'habite. Nous sommes rue de Seine.

– Ah ben voilà, nom de Diou, je ne sais même plus où je suis. Je suis de plus en plus perdu. Pardon, je ne sais même plus qui je suis.

– Vous êtes le père Noël, père Noël.

– Je monte sur n'importe quel toit, je descends dans n'importe quelle cheminée, je suis fini, fini, complètement cassé, complètement bousillé. Ah, ma petite Roro…

– C'est ça, appelez-moi Roro, mon papa et ma maman m'appelaient Roro, et même Isy des fois.

Le père Noël s'est rassis et, en se tenant la tête, il a murmuré d'une petite voix :

– Vous voulez bien m'offrir quand même une petite tasse de thé ?

– Tout de suite, père Noël, tout de suite.

– Avec une petite tranche de citron ?

– Absolument, absolument. Un thé avec une tranche de citron. Et puis je peux vous donner aussi une biscotte ou deux.

– Merci, merci. Je ne tiens plus debout, je crois que j'ai faim.

J'ai couru dans la cuisine lui préparer son thé et lui beurrer deux biscottes sans sel, et je me suis mise à pleurer. Je me suis souvenue qu'Isidore lui aussi aimait croquer des biscottes la nuit et boire du thé, et même pas que du thé, et même pas que des biscottes. Il y a des jours aussi où on se faisait des bisous, des bisous, et des nuits aussi, des bisous… J'ai apporté le thé citron et les biscottes, et j'ai déposé le tout sur la table basse, près de son fauteuil, le fauteuil d'Isidore.

En passant je l'ai bousculé un peu et je lui ai dit :

– Oh pardon, pardon, père Noël !

– Mais comment, qu'il m'a dit en se redressant, pourquoi pardon, c'est moi qui dois vous dire merci. Merci, merci beaucoup.

Il a soupiré et il a dit :

– Vous savez, madame Rosette euh... Rosen...

– Rosenfeld.

– Voilà Rosenberg, je ne me sens plus capable du tout de monter sur les toits et de descendre dans les cheminées. Je vais me mettre au chômage.

– Mais non, mais non, il vous faut juste quelqu'un pour vous aider, père Noël.

– Pour m'aider ? Oui oui oui, c'est vrai. Ah, quand ma mère Noël était là ! Elle m'aidait, elle m'aidait ! C'est elle qui préparait les paquets, elle qui choisissait les papiers, les couleurs, les rubans. Elle faisait des paquets si beaux, si beaux, que les gosses osaient à peine les défaire tellement ils les trouvaient beaux ! Et puis elle fabriquait les étiquettes. Elle savait écrire les noms, même les plus difficiles. Moi je n'avais plus qu'à charger ma hotte, et hop ! Je fonçais, je montais sur le toit. En deux coups de cuillère à pot, envoyé c'est pesé ! Hop ! Dans la cheminée ! Hop ! Dans les souliers ! Aujourd'hui je mets des plombes et je me goure, je me goure à chaque fois. Non non, grimper sur les toits pour glisser dans les cheminées des paquets pour les enfants qui ne sont pas en dessous, non non. Babar, les joujoux, les poupées, les soldats de plomb, c'est plus de mon âge.

Le père Noël s'est arrêté en gémissant et est devenu soudain pensif en sirotant son thé et en suçotant son bout de citron.

Puis il a repris :

– Si j'avais pas peur de mouiller ma barbe, je pleurerais un bon coup.

– Pleurez, pleurez, père Noël, je vous sécherai la barbe avec mon séchoir à cheveux.

Alors il s'est mis à pleurer tout en mâchouillant ses biscottes qu'il avait trempées dans le thé.

– J'ai plus mes dents, j'ai plus mes dents...

– Vous avez perdu vos dents ? Mais c'est bien normal. Et votre mère Noël, vous l'avez perdue récemment ?

– Oh... y a pas longtemps.

– C'est-à-dire ?

– Vingt ou trente ans.

– Vingt ou trente ans ? Vous êtes sûr ? Et vous dites il n'y a pas longtemps ?

– C'est que nous autres, les pères Noël, on ne travaille qu'un mois par an, en décembre, alors du coup le temps est pas le même que pour les autres gens.

– Moi, mon Isidore est parti il y a deux, trois ans.

– Deux, trois ans ?

– Oui, et c'est comme si c'était hier. Lui aussi il savait tout faire, comme votre mère Noël. C'était lui qui tenait la barre et depuis son départ je suis comme un bateau sans gouvernail. Je tourne en rond, en rond, je ne sais plus où me mettre, ni quoi faire, ni où aller. Moi aussi, père Noël, vous savez, j'ai envie de m'arrêter. Et puis, je me dis qu'à mon âge je n'aurai plus à attendre longtemps.

– Moi non plus, j'espère.

– Non non, vous, vous êtes père Noël. Vous, vous êtes immortel.

– Immortel ? Bouh bouh bouh. Immortel ? Plutôt crever !

– Tout à l'heure je pensais à moi bébé et à moi aujourd'hui, je pensais à toute ma vie. Et j'ai eu peur que les joujoux ne suffisent plus aux bébés d'aujourd'hui, je repensais à mon orange, à la tristesse et à la joie, et comment on se la découpait, l'orange, comment on faisait avec sa peau des petites décorations qu'on collait au-dessus de l'évier. Oui, aujourd'hui ils n'ont plus besoin ni d'oranges ni de joujoux, ni d'évier, il leur faut des téléphones, des écrans, des machins-trucs…

Le père Noël a dit :

– Bah, les gosses d'aujourd'hui se débrouilleront demain, ils se débrouilleront.

J'ai dit alors :

– Quand même, j'ai peur, j'ai peur pour eux.

– Ah n'ayez pas peur, le père Noël est encore là ! Vous savez, avec ma mère Noël, quand ça n'allait pas, quand on ronchonnait tous les deux, on jouait à Je te tiens tu me tiens…

– Par la barbichette ?

– Voilà, exactement, par la barbichette.

– Moi, avec mon mari, on jouait au rami ou au Scrabble.

– Des Scrabble ! J'en ai livré des tombereaux ! Hop, dans les chaussures !

– Ou alors on jouait au Monopoly.

– Des Monopoly ! Des Monopoly ! Des quinze tonnes entiers de Monopoly j'ai distribués ! Hop !

– Et puis on jouait aussi à chifoumi, au lit, pour savoir lequel devrait se lever le lendemain de Noël pour aller faire déjeuner les petits.

Le père Noël, plongé dans ses souvenirs :

– Par la barbichette.

– Votre mère Noël avait une barbichette ?

– Comme toutes les mères Noël. Elle la cachait sous sa barbe de mère Noël. Vous savez quoi ? Je me suis reposé, on va se lever, vous allez vous habiller chaudement, je vais vider ma hotte devant le marché Saint-Germain, à côté de l'entrée du parking. Vous voyez ? Derrière chez Mulot.

– Je vois, je vois.

– Je vais balancer tous les paquets-cadeaux qui restent et on va aller, bras dessus bras dessous, vite fait bien fait, au QG des pères Noël. Il est quelle heure, là ?

– Je pense qu'il est l'heure de vider les chaussons et d'ouvrir les paquets.

– OK OK, c'est la bonne heure. On va aller rejoindre les aminches. Ils se regroupent tous sous les arcades, près du marché. On va guincher, on va boire un coup, on va dire et faire des blagues, faudra pas vous offusquer hein, y'a pas que du beau monde chez les pères Noël, y a pas que du beau monde mais c'est du monde honnête. C'est des gens bien. Y a pas que les pères Noël des cheminées et des toits, y a tous ceux qui ne sont jamais montés sur un toit, ceux qui restent tout le mois de décembre devant les portes des grands magasins à se les geler, et puis y a ceux qui prennent les enfants des autres sur les genoux pour que leurs parents aient un souvenir de Noël, des faux pères Noël quoi, mais des vrais aminches. Allez !

– Mais tout le monde va voir que je ne suis pas une mère Noël !

– Je vais vous prêter ma tunique de secours et la barbe de ma mère Noël, et puis mes bottes d'égoutier que je mettais quand j'allais livrer des oranges dans les quartiers pauvres.

Alors on est allés jusqu'à son traîneau en bas dans la rue et je lui ai demandé où étaient ses rennes.

– Mes rennes ? Qu'est-ce que je ferais avec des rennes en plein Paris ?! Non, non, j'ai ma camionnette, voilà.

Il a sorti tous les paquets de sa hotte et il m'a donné une vieille tunique que j'ai enfilée par-dessus ma robe de chambre, et puis j'ai mis le chapeau de sa mère Noël, et sa barbe, et les bottes d'égoutier. Ah si mon Isidore avait été là, il aurait ri un grand coup en me voyant attifée comme ça !

Et je me suis retrouvée au QG des pères Noël.

Là on a dansé, on a chanté, on a bu, on a dit des blagues en attendant l'ouverture de la soupe populaire. J'ai bien rigolé et j'ai regretté que mon Isy ne soit pas là avec moi.

Et puis on est allés dans la rue face à la soupe popu, tous les pères Noël et les rares mères Noël qui les accompagnaient, et là ils ont tous commencé à chanter *L'Internationale*, oui oui, *L'Internationale* des pères Noël, *L'Internationale* des crève-la-dalle, des sans espoir, tous chantaient :

Petit papa Noël
Quand tu descendras du ciel
Avec des joujoux par milliers
N'oublie pas nos petits souliers

Y en avait qu'avaient des accents d'on ne sait pas où, ils chantaient quand même, ils mâchaient les paroles comme s'ils avaient toujours su chanter ça. Ils chantaient, et plus ils chantaient, plus ils étaient émus, plus ils étaient étreints debout devant la soupe popu. Ils chantaient ils chantaient, l'espoir au cœur, la faim au ventre, et c'est là, là que j'ai compris que la révolution, la révolution que papa-maman appelaient de leurs vœux, et qu'Isidore et moi on a attendue et espérée aussi toute notre vie, la révolution c'étaient eux, eux, les Pères Noël associés, eux avec leurs tuniques déchirées, leurs barbes crasseuses en coton synthétique, leurs nez rouges de sueur, leurs yeux humides d'avoir trop pleuré, la révolution c'étaient eux, eux qui allaient la faire enfin. Alors j'ai commencé à chanter avec eux, mon père Noël à côté de moi, au milieu de tous ces pères Noël qui venaient de tous les coins du monde. Ils chantaient tous en chœur :

Petit papa Noël
Quand tu descendras du ciel

Et là, d'un seul coup d'un seul, je me suis mise à penser encore à mon Isidore, et donc à chialer, à chialer, sur l'amour à la vie à la mort. Je me suis mise, tout en chantant, à sangloter à gros bouillons.

Alors le père Noël, me voyant sangloter, s'est mis à sangloter itou. Et les autres, peu à peu, nous voyant chialer, se sont mis à leur tour à chialer, tout en chantant, en continuant de chanter l'espérance et la joie.

Petit papa Noël
Quand tu descendras du ciel…

Et tout au fond de moi je me suis sentie devenir une mère Noël, une vraie de vraie mère Noël, en chantant à l'unisson, bras dessus bras dessous, avec le père Noël et tous les pères Noël de la terre, devant la soupe popu, en attendant qu'elle ouvre, chantant à la vie à la mort, à la peine et à la joie, et surtout à l'enfance. L'enfance qui n'en finira jamais de renaître, de renaître pour croire au père Noël et à la révolution, à la vie à la mort, et à l'amour aussi.

Alors, tous ensemble, au refrain :

Petit papa Noël…

Le lendemain de Noël ou un tout autre jour, qu'importe, je me suis réveillée dans une chambre inconnue et minuscule, dotée d'une seule fenêtre ne donnant plus sur la rue de Seine ni même sur la rue de Buci, et d'où, même en me penchant, je ne pouvais plus apercevoir la moindre terrasse de bistrot ni la moindre vitrine de confection. Seule la nature était présente partout. L'enfer sur terre !

Un doute m'a traversé l'esprit : ne serait-ce pas ainsi quand on est… ? Alors pour vérifier si je l'étais complètement ou seulement à moitié, j'ai poussé la porte et je me suis retrouvée dans un couloir garni de portes des deux côtés et qui semblait ne mener nulle part. Une rangée d'éclopés s'aidant de béquilles ou de cannes, le visage barré d'un chiffon sans doute pour cacher les offenses que le temps y avait infligées, marchaient à bonne distance les uns des autres en file.

L'un des éclopés s'est arrêté face à moi. Il m'a vrillée de ses yeux furibards tandis que de son index il tapotait sur son chiffon tout en me fixant de plus en plus méchamment. Je me suis dit que même à moitié ou complètement, on n'échappe pas aux mabouls.

Une femme m'a crié au passage :

– Marchez ! Marchez, sinon c'est l'ankylose !

L'ankylose ?

Alors une autre femme garnie d'un chiffon aussi blanc que sa blouse m'a plaqué soudain un chiffon noir sur le nez et la bouche pour cacher sans doute mes propres cicatrices.

Puis elle m'a fait marcher en me tenant par le bras tout en chuchotant :

– J'ai laissé votre petit déjeuner dans votre chambre.

– Dans ma chambre ? Pourquoi dans ma chambre ? Il fallait le laisser dans la cuisine ou dans le salon.

Elle a ri très fort en répétant :

– Dans le salon !

À titre d'information je lui ai demandé :

– Et c'est quoi comme petit déjeuner ?

– Une verveine sans sucre avec deux biscottes sans sel.

– Si vous croyez que je vais bouffer ça vous vous foutez le doigt dans l'œil jusqu'au coude ! ai-je crié.

Non mais, des biscottes sans sel et de la verveine sans sucre ! Qui a déjà mis du sucre dans sa verveine ? Cette poule masquée n'y connaît rien, elle n'a jamais été mère Noël, pas une seconde. Elle n'a jamais connu Isidore. Elle n'a jamais aimé à la vie à la mort. Elle n'a même jamais rencontré le père Noël.

– Dites voir, mademoiselle Verveine sans sel ni sucre, lui ai-je demandé, le père Noël passe de temps en temps ici ?

– Qui ?

– Le père Noël, vous connaissez ?

– Oui, enfin non. Il passe rarement, depuis qu'on est chauffés par le sol, on n'a plus de cheminée. Allez, bon petit déjeuner !

Une fois dans la chambre, face au plateau, je me suis remise à gueuler :

– Je veux du café noir !!! Du pain ! Du beurre ! Des croissants ! Une goutte de lait et de la marmelade de coing pour le bien-être de mon intestin !

Verveine s'est éloignée dans le couloir en riant tandis qu'un béquilleux masqué pénétrait dans la chambre. Comme chez lui, il a poussé directement une petite porte qui semblait être une porte de W.-C., d'où je l'ai entendu crier :

– Pardon, pardon, excusez, mais…

– Faites comme chez vous ! lui ai-je dit en retour.

Et aussitôt, mon cœur s'est mis à battre. Ne serait-ce pas le père Noël en civil et masqué qui serait venu honorer mes toilettes en réponse à mon invitation de la veille ? Non, non. Comment m'aurait-il retrouvée dans ce trou sans cheminée, alors que moi-même, je ne savais pas où j'étais ?

Le béquilleux, qui n'était décidément pas le père Noël, a reparu dans un bruit de chasse d'eau et tout en tentant de se reboutonner, s'excusant, a continué :

– Ne disposant pas de toilettes dans ma chambrette et les toilettes destinées aux résidents des chambres sans toilettes se trouvant à perpète, donc, vu mon âge, n'est-ce pas… J'ai quatre-vingt-dix-sept ans.

– Pardon ? Vous dites ?

– Je dis j'ai quatre-vingt-dix-sept ans ! a-t-il articulé.

– Vous avez quatre-vingt-dix-sept ans jeudi ? Et quel jour sommes-nous aujourd'hui ?

– À mon âge on ne se soucie plus de tels détails, chère madame. Madame ?

– Rosenfeld. Rosette Rosenfeld.

– J'ai connu un Rosenfeld, ou un Rosenberg, il y a très longtemps au lycée, on l'appelait Rosen, c'était un bon copain, mais un jour on l'a plus vu. Bon, madame Rosenfeld, chère madame, pour vous remercier de votre gentillesse et de votre précieuse hospitalité urinaire, je suis disposé, si vous le voulez bien, à vous raconter une histoire. Aimez-vous les histoires ?

– Si j'aime les histoires ? Il me demande si j'aime les histoires ? J'adore les histoires !

Il a enchaîné aussitôt :

– Vous connaissez le boulevard de Rochechouart ?

– Si je connais le boulevard Rochechouart ?! Bien sûr que je connais le boulevard Rochechouart !

– Vous savez alors qu'il y avait des fêtes foraines deux fois l'an sur ce boulevard de Rochechouart ?

– Bien sûr que je sais qu'il y avait des fêtes foraines deux fois par an sur le boulevard Rochechouart, je suis née à deux pas de là, avenue Trudaine.

– Alors tout va bien.

Et après avoir coincé sa béquille le long du mur et posé ce qui lui restait de fesses sur l'unique siège de la chambre, me condamnant ainsi à rester au lit, le béquilleux a commencé son histoire :

– C'était donc pendant la fête foraine boulevard de Rochechouart…

Puis il a arraché son masque précipitamment, sans doute pour que je l'entende mieux. Mais moi je ne l'entends déjà plus, je vois ses lèvres bouger et ses mains s'agiter mais moi je ne suis plus là, face à lui, il m'a renvoyée loin dans le temps et l'espace, sur ce boulevard de Rochechouart, à deux pas du square d'Anvers, mon square. Ce dimanche-là papa nous prend en photo, maman, mon frangin et moi. « Souriez ! Souriez ! crie papa. Le petit zozio veut sortir ! Cui-cui ! Cui-cui ! » Je ris, Laurent, mon frère, rit, même maman sourit. Papa est content, il adore nous prendre en photo. Puis on s'assied sur un banc, notre banc, notre banc du dimanche. On est bien serrés là, ensemble, tous les quatre. On est heureux, enfin je suis heureuse. C'est dimanche, il y a du soleil.

Deux flics à vélo passent, des hirondelles. Cette année les hirondelles ont défait le printemps. Ils passent, pédalant en pères peinards, louchant sur nos étoiles en passant. Maman se lève.

– Il faut rentrer ! Vite ! Vite ! murmure-t-elle.

Papa range son appareil. Il fait tomber son pare-soleil.

– Vite ! Il faut rentrer à la maison ! Vite ! Vite !

Et on part en courant sans courir pour surtout pas se faire remarquer. Nos étoiles sur nos poitrines nous guident. Nous courons en marchant lentement. Le ciel se couvre. Un gros nuage noir, si noir, obscurcit l'avenue Trudaine.

– La pluie, annonce papa.

– L'orage, corrige maman.

– La grêle, conclut Laurent.

Les étoiles ont disparu du ciel, elles sont toutes venues mourir sur nos poitrines.

Je n'ai jamais vu cette photo, jamais, jamais. J'aurais tant aimé l'avoir, au moins pour la revoir.

Fébrile, le béquilleux articule, il s'inquiète, ses yeux s'inquiètent : est-ce qu'elle me suit ? Est-ce qu'elle m'entend ? Est-ce qu'elle comprend ?

Il enfle un peu la voix :

– Elle était belle, très belle, comment dire, c'était la plus belle de la fête foraine, mais une beauté secrète, discrète…

Maman aussi était belle, secrète et discrète, enfin je crois, j'espère, je ne me souviens plus bien de son visage, sauf en photo, sur les quelques photos qui me restent. Et papa ? Comment était-il, papa ? Il n'était jamais sur les photos, c'est lui qui les prenait. Même mon frère, même Laurent, je ne le revois plus, je ne l'entends plus. Je ne les entends plus. Je ne me souviens plus de leurs voix ni de leurs visages.

Je suis de nouveau boulevard Rochechouart face à la grille du square d'Anvers sur laquelle un avis est accroché : « Square interdit aux chiens et aux juifs. Signé : La Ville de Paris. »

Un petit malin sans doute a même rajouté au crayon, il faut avoir une bonne vue pour le lire : « On s'excuse pour les chiens. » Je me retiens de pleurer, je cherche des yeux ma copine d'école, Roseline, ma meilleure amie, nous étions les deux Rose de la classe. Je l'aperçois enfin, elle me fait des signes, elle me fait signe d'entrer, de la rejoindre, et elle désigne sa maman du doigt, qui me sourit. La maman a compris, elle vient vers moi, Roseline la suit. En poussant la porte du square, la maman regarde à droite et à gauche tout en s'avançant vers moi, son foulard dans les mains, qu'elle pose sur mes épaules comme si elle m'embrassait, comme pour me dire bonjour. Je sens encore la douceur de la soie et la chaleur de ses mains sur mon cou et mes épaules. Éclipse locale d'étoile.

On se dirige toutes les trois sans un mot vers leur domicile, à deux pas du nôtre.

Pourquoi je ne me souviens plus des visages des miens ? Pourquoi je n'entends plus leurs voix ? Et pourquoi je sens encore ces mains, et la soie sur mon cou et mes épaules ? Pourquoi je sens encore le parfum de la dame ? Quelque chose comme un *Je ne sais quoi* de chez Patou.

La dame sert la soupe. J'ai faim, j'ai très faim. Dans la soupe il y a des lardons, denrée rare, précieuse. Les yeux de Roseline brillent, elle sort la langue et se lèche les babines.

– Il faut manger du gras, dit la dame, il faut manger du gras.

Je mâche, je mâche et remâche les lardons, je ne peux pas les avaler. Comment faire ? Les glisser de ma bouche dans ma main ? Et après ? Où les mettre ? À la maison on mangeait du jambon, mais jamais de lardons.

La nuit je dors avec Roseline, on rit, je pleure, elle pleure aussi, c'est ma meilleure amie, jamais jamais on ne se quittera. Quelques jours après je suis à Toulouse. J'ai un autre nom mais le même prénom. Et ensuite à Moissac. Je n'ai aucun souvenir ni de Toulouse ni de Moissac.

L'homme, le béquilleux démasqué, fou d'amour, me fixe tout en articulant comme un dément :

– Je l'aimais trop ! Voilà, je l'aimais trop ! Comprenez-vous ? Je l'aimais trop et mal ! Voilà, je l'aimais trop mal !

Il baisse les yeux comme s'il allait chouiner. Et moi, moi, sans prévenir, j'éclate en sanglots, un sanglot qui attendait son heure depuis si longtemps. Je pleure, je pleure, je pleure.

Le béquilleux se dresse, paniqué, il cherche à tâtons sa béquille.

– Non non, crie-t-il en agitant les mains, ne pleurez pas ! Ne pleurez pas ! C'est une si vieille histoire ! Une si vieille histoire !

J'approuve, j'approuve. Une si vieille histoire, une si vieille histoire…

Il balbutie :

– C'est une histoire que je n'ai jamais racontée à personne, à personne. Merci, merci pour votre écoute précieuse.

Puis, avec une énergie folle, il crapahute vers la porte. Je pleure tout en riant très fort en moi. Oui, je pleure et je ris. Ah, comme je regrette qu'Isy ne soit plus là pour rire avec moi !

L'homme est à la porte, il se glisse dans le couloir en murmurant :

– Tant pis, merci, pardon.

Voilà, tant pis, merci, pardon. Je suis seule, et je pleure, et je ris encore en crachant dans un Kleenex les lardons qui m'étouffent depuis tant et tant d'années. Et soudain, soudain la moutarde me monte au nez, je pousse un cri, un cri de protestation, un cri de révolte, je pousse le cri que je n'ai pas pu pousser ou pas osé pousser pendant si longtemps, si longtemps. Je crie, je crie, je crie. Puis je me calme et je m'interroge : Qu'est-ce que tu fous là, nom de Dieu de nom de Diou ? Qu'est-ce que tu fous là, coincée dans ce lit qui n'est pas le tien ?! Pourquoi Isy ne vient pas te sortir de là à la fin des fins pour te ramener chez nous ? Et le père Noël, pourquoi faire de toi une mère Noël si c'est pour te laisser tomber le lendemain comme une vieille chaussette trouée ?

Je vais me remettre à pleurer ou à crier, quand Verveine entre en trombe avec le plateau du souper.

– Ben qu'est-ce qui se passe là ? qu'elle lâche, style boute-en-train de fin de repas. Ça va pas ?

– Non, ça va pas.

– Le père Noël est pas passé vous dire bonjour aujourd'hui ?

C'est ça, prends-moi pour une bille !

– Il vient de sortir, vous l'avez manqué d'un cheveu.

– Il vous a amené quoi ?

– Que dalle.

– Il est venu pour quoi alors ?

– Pisser.

– Pisser ?

– Voilà.

– Je vois, je vois. Et il vous a raconté son histoire d'amour avec la femme à barbe du boulevard de Rochechouart, la plus belle barbe de toute la fête foraine…

Je la coupe, je ne veux pas qu'elle me renvoie boulevard Rochechouart, pas maintenant, et pas elle. Je la coupe sèchement :

– C'est quoi le menu de ce soir ?

– Soupe de topinambours et poêlée de salsifis avec blettes.

– Blettes ? Pich pach, c'est la fête ou quoi ?

– Tout est bio. Bio bio bio.

– Et comme dessert ?

– Mousse déchocolatée sans sucre ni chocolat avec une part de Vache qui ne sait plus rire sans pleurer.

– Ça donne envie.

– Bon, ben, bon appétit et bonne nuit, madame Rosen ! Faites de beaux rêves !

À tout prendre, il faut reconnaître que vieillir n'offre pas que des avantages. Par ailleurs ne pas vieillir semble une option qui présente également quelques désavantages. En tout cas, l'un des inconvénients liés au fait de vieillir, c'est l'endormissement. Dès que vous voulez vous endormir, vous n'y parvenez pas, alors qu'à n'importe quel autre moment, quand vous ne voulez pas dormir, vous vous endormez n'importe où, sans savoir comment ni pourquoi. Moi, quand Verveine est sortie, j'ai décidé de m'endormir, de ne pas dîner et de dormir. Impossible, ça me tournait dans le ciboulot : quand et où et comment avais-je abandonné pour la première fois ma main droite dans la main gauche d'Isy ? C'était comme si nous étions encore main dans la main, serrés, ce jour où j'ai senti sa force et son amour m'envahir quand pour la première fois nos deux mains se sont étreintes et nos doigts enlacés.

Par contre je sais où, mais pas quand, j'ai découvert son numéro, ton numéro Isy... C'était en sortant d'un petit bal sur les bords de Marne. Il faisait si beau, si chaud qu'on s'est assis dans l'herbe au soleil et tu as remonté les manches de ta chemise. Et c'est là que pour la première fois mon cœur s'est serré fort, si fort, si fort, en découvrant ton numéro. Bien après j'ai réussi à poser le bout de mes doigts dessus, très doucement, et à le caresser, comme pour tenter d'absorber toute sa peine, toute sa douleur. Oui, peu à peu, j'ai même pu caresser de toute ma main ton avant-bras tout entier.

Tu ne m'en as jamais parlé précisément, tu n'as jamais rien voulu m'en dire. Tu disais aux gosses quand ils t'interrogeaient : « C'est le numéro de ma poule. Chut ! Rose ne doit pas le savoir. » Et tu restais, un doigt sur tes lèvres, en leur clignant de l'œil.

Un jour même, avec un copain comme toi, tu as joué son numéro au Loto ou à je ne sais quoi, mais tu n'as rien gagné, tandis que lui a joué le tien et il a été remboursé. Tu en as conclu que tu avais un meilleur numéro que lui. D'ailleurs tu le pensais vraiment, tu pensais ça : alors que tant d'autres numérotés ont eu le sort que l'on sait, toi tu avais tiré un bon numéro, tu t'en étais tiré.

À la fin des fins j'ai dû m'endormir, et au milieu de la nuit je me suis réveillée. Où ? Devinez ? Oui, oui, seule dans mon grand lit, notre grand lit à Isy et moi, dans lequel nous avons dormi et nous sommes aimés tant d'années, tant d'années. Je me suis réveillée là.

Je sais, je sais, vous n'allez pas me croire, je m'en fous, je raconte quand même parce que c'est comme ça que ça s'est passé. Je me suis levée et je me suis perdue dans l'appartement. J'ai tourné en rond un moment et puis, devinez quoi, quelqu'un m'a parlé près de la cheminée, mais non, pas le père Noël, le père Noël ne vient qu'à Noël enfin, vous savez bien, non, c'était Isy. Il était là, assis dans son crapaud, il avait une cigarette à la main, il fumait, et un verre de vodka dans l'autre main. Il m'a regardée et il m'a dit :

– Alors ma poule, tu t'es encore perdue ?

Là je me suis dit : Peut-être bien qu'il y a quelque chose qui existe vraiment là-haut. Quoi ? Qui ? J'en sais rien. Le père Noël, lui, n'existe pas, mais on ne peut pas lui en vouloir, il est si gentil avec les enfants. Par contre Dieu, votre bon Dieu, on peut, on doit lui en vouloir. Non pas de ne pas exister, c'est pas sa faute, mais d'être devenu un dieu méchant, oui méchant. Car non seulement il n'existe pas, mais en plus il ne peut plus nous blairer. Le fait qu'il n'existe pas, ou qu'il n'a jamais existé, ne saurait être en aucun cas une excuse à mes yeux.

Bon, où j'en étais ? C'est ça la vieillesse, on commence une phrase, puis on enchaîne sur une autre et on se retrouve égaré, comme moi dans mon trois pièces cuisine. Ah oui, oui, j'ai trouvé Isy assis dans son fauteuil crapaud près de la cheminée Napoléon III, un verre de vodka dans une main, et une cigarette dans l'autre. Non, non, ça tu l'as déjà dit, vieille noix, souviens-toi ! Ah oui, oui. Bon. De mon explosion de joie il a feint de ne rien voir, comme si tout était comme d'habitude. Il était là parce qu'il n'arrivait pas à dormir, il s'était levé pour fumer, boire un petit coup. Il m'a tendu une cigarette. Je lui ai dit que je ne fumais plus depuis son départ. Alors il m'a tendu un verre de vodka, je n'ai pas osé lui dire que je ne buvais plus non plus, que je n'avais plus goût à rien.

Il paraissait attendre quelque chose. Il m'observait. Je voulais lui demander : « Comment se fait-il qu'on se retrouve cette nuit ? » Mais je n'ai pas osé. Je me suis mise à en vouloir encore plus fort à ce dieu qui n'existe pas de ne pas avoir fait des numérotés, ceux qui étaient revenus, ceux qui malgré tout avaient triomphé de l'enfer, je lui en ai voulu de ne pas en avoir fait des immortels, des immortels à part entière, alors qu'ils avaient survécu à l'enfer sur terre. Oui oui, je sais, ça semble trop bête. Tout le monde doit mourir, je sais. La fin, la fin arrive, il y a toujours une fin, chaque histoire a sa fin, je sais, je sais, mais celle d'Isy, je ne parviens pas à l'avaler, non, je n'y parviens pas.

Je ne sais pas s'il souhaite que je lui parle. Je ne pense pas à lui demander de m'embrasser. Je n'ai même pas le courage de m'asseoir à côté de lui, près de la cheminée.

C'est alors qu'il me demande, avec son air d'en avoir deux :

– Qu'est-ce que tu aimerais qu'on fasse maintenant, Rosette ?

Moi, modestement, je lui dis :

– Je voudrais juste que tu me racontes une histoire.

– Tu connais toutes mes histoires.

– Non non, et même si je les connais, j'aimerais que tu me racontes de nouveau la plus belle de toutes.

– Et laquelle est-ce ?

– La première rencontre de tes parents boulevard Rochechouart près du square d'Anvers.

– Je te l'ai racontée mille fois !

– Raconte-la-moi une fois de plus.

– Bon.

Il se rallume une cigarette, envoie un petit nuage de fumée aux quatre coins de la pièce, puis il commence de sa voix lente et chaude, et grave et tendre, sa voix d'homme, à raconter l'histoire de son père, Baruch, et de sa mère, Zina.

– Baruch se baladait sur le boulevard Rochechouart cette fin d'après-midi-là, sans argent dans les poches, entre les baraques de la fête foraine. Il écoutait les baratineurs qui tentaient d'y faire entrer les chalands. Il les regardait mais il n'entrait pas dans leurs baraques, il ne regrettait même pas de ne pas pouvoir y entrer, faute de monnaie sonnante et trébuchante, il n'avait envie de voir ni les hommes forts ni les acrobates, encore moins le monstre à deux têtes dans son bocal ou les siamoises avec leurs deux crânes en pain de sucre. Même la femme à barbe avec son sourire mélancolique ne l'attirait pas.

Il avait juste envie de boire. Il s'arrêta devant une fontaine Wallace, tout près de l'entrée du square. Il but et s'apprêtait à repartir, quand il avisa une jeune femme assise sur un banc. Elle avait l'air fatiguée mais elle se tenait bien droite quand même. Il s'approcha du banc puis, d'un geste, demanda à la jeune femme l'autorisation de s'asseoir lui aussi sur le banc. D'un regard indifférent elle lui fit signe de s'asseoir où il voulait et que ce banc et les autres bancs appartenaient au monde entier.

Baruch posa le bout de ses fesses à l'autre extrémité du banc et resta ainsi. Zina fit mine de ne plus le remarquer. Elle se tenait de plus en plus droite, tout en resserrant son fichu, la tête légèrement tournée du côté opposé à Baruch. Celui-ci, prenant soudain son courage à deux mains, ou tout simplement ouvrant la bouche, dans un sourire, dit en yiddish :

– Mademoiselle – le plus poliment possible et dans un yiddish impeccable –, mademoiselle, vous n'auriez pas envie d'échanger quelques mots de yiddish ?

Zina, comme piquée par une guêpe, se crispa d'un air offusqué, puis se retourna vers Baruch et lui demanda, brutalement et en yiddish :

– Et comment vous savez que je parle yiddish ?

– Mademoiselle, avec les yeux que vous avez, le sourire que vous offrez au monde, le visage que vos parents vous ont donné, si vous ne parliez pas yiddish, ce serait le plus grand des plus grands des scandales sur terre !

Elle rougit, puis sourit, et lui dit :

– De quoi pouvons-nous parler ?

– Eh bien, je ne sais pas, de nous, de vous. Parlez-moi de vous, vous venez d'où ?

– De Pitchik.

– Non ? De Pitchik ! Moi je viens de Pitchouk !

Et alors ce fut comme s'ils s'étaient tombés dans les bras, comme s'ils se retrouvaient après une longue absence, une longue séparation, comme s'ils étaient de retour tous deux là-bas. Il faut dire que

Pitchik n'est pas loin de Pitchouk et que Pitchouk est très près de Pitchik. Enfin ça dépend. Si vous partez de Pitchik pour aller à Pitchouk, c'est plus long, ça monte, enfin… Il y avait eu un pogrom à Pitchik, et il y avait eu un pogrom aussi à Pitchouk. Ils parlèrent des pogroms. Peut-être était-ce le même qui avait eu lieu à Pitchik et à Pitchouk ? Ils parlèrent des corps abandonnés sur les trottoirs, des vitrines éclatées, des magasins pillés, des maisons brûlées, des synagogues et des cimetières profanés, et ils se rappelèrent, et ils se rappelèrent, et ils se rappelèrent…

Et puis le soir tomba sur la fête, qui ferma ses volets, et soudain Baruch se dressa et s'excusa, une main sur la bouche :

– Oï, je ne vous ai même pas invitée à prendre un café !

– Je ne bois pas de café.

– Alors un thé citron ?

– Va pour un thé citron.

Et Zina allait se lever, quand elle vit Baruch se rasseoir, donc elle ne bougea pas et ils reprirent leur évocation de Pitchik, de Pitchouk, et la nuit était définitivement tombée. Alors ils se levèrent et se séparèrent, sans rien se promettre, sans rien se dire, ni de leur domicile, ni de leurs projets. Chacun partit de son côté.

Baruch alla choisir loin des réverbères un autre banc pour y dormir. Quant à Zina, elle rentra chez un de ses oncles qui voulait bien la loger « en attendant ». En attendant quoi ? Il ne le lui dit jamais. C'était « en attendant ». Mais tous deux, Baruch et Zina, avaient le cœur serré à l'idée qu'ils n'allaient plus se revoir. Paris était si grand ! Elle pensait : J'aurais dû lui demander où il habitait. Et lui de son côté : Et si je ne la revois jamais, jamais…

Le lendemain, comme par hasard, elle était assise sur le même banc, et lui était près de la fontaine Wallace et se servait un gobelet d'eau. Et c'est ainsi qu'ils se retrouvèrent presque à la même heure. Ils s'installèrent côte à côte. Ils reparlèrent et de Pitchik et de Pitchouk, et de leurs parents qu'ils y avaient laissés, et de leurs nièces et de leurs neveux et de leurs cousins qui étaient partis aux quatre coins du monde et qu'ils iraient peut-être rejoindre un jour ou l'autre, qui sait.

À un moment Zina se dressa et déclara : « Cet après-midi, c'est moi qui paye les thés. » Baruch allait se lever, mais elle s'était déjà rassise. Ils se mirent à rire, et à rire. Et à la nuit tombée, ils restèrent tous les deux sur le même banc et s'endormirent. Ensuite ils ne se sont jamais quittés, jusqu'à ce qu'ils tirent, également, des mauvais numéros.

À cette pensée mon cœur s'est serré, mes larmes sont revenues, et je me suis réveillée en sursaut, inquiète du sort de Baruch et de Zina. Et s'ils allaient être pris par la police ? Et s'ils étaient déjà numérotés ?

Comment les prévenir ? Comment les sauver ? Comment leur dire de se cacher ? Et où se cacher ?

Je me suis éveillée embrouillaminée dans le petit lit de la petite chambre où Verveine sans sucre ni sel entrait joyeusement avec le petit déjeuner et me grondait :

– Vous n'avez pas touché au dîner ! Il faut manger !

Elle a baissé son masque et planté son doigt dans la chocolatine sans chocolat, se l'est fourré dans la bouche et a déclaré après avoir craché :

– C'est dégueulasse.

Alors, une fois seule, je me suis dit : Si c'est ça le début de la fin, s'endormir ici puis se réveiller chez soi, assise à côté de l'amour de sa vie qui vous raconte des histoires merveilleuses que vous connaissez déjà par cœur, ça vaut quand même le coup de continuer un petit bout de temps, tout en sachant qu'à la fin des fins ça finit toujours par finir. Enfin ça a marché comme ça un petit temps, la journée là, la nuit à la maison avec Isy, quelquefois même on allait se balader tous les deux et regarder le banc boulevard Rochechouart, la fontaine Wallace qui avait disparu, le square d'Anvers libre d'entrée, sauf aux chiens. On s'asseyait et on admirait le ciel étoilé. Puis, près de la cheminée Napoléon III, on s'installait dans nos crapauds. Il fumait, on buvait.

Et je me suis dit aussi : Si je peux tenir jusqu'au retour du père Noël qui descendra par ma cheminée à Noël prochain, je pourrai lui présenter Isy, je suis sûre qu'ils s'entendraient très bien.

Et puis, quand les jours me semblaient trop longs, j'espérais que le béquilleux reviendrait user de mes toilettes, mais un matin Verveine m'a annoncé que mon voisin de chambrette avait fini par clapoter.

– À quatre-vingt-dix-sept ans, ça va, non ?

Et puis et puis, un jour, une nuit, va savoir, je ne me suis pas réveillée. Oui, oui, pas réveillée, ni dans le petit lit, ni dans le grand lit chez moi. Et c'est Verveine soi-même, en m'apportant le petit déjeuner, ou qui sait peut-être le dîner, qui m'a découverte dans le lit. C'est elle qui a dû prévenir la famille, mes gosses et leurs gosses, et qui a dû leur dire sans sel ni sucre que, vu la maladie, la saloperie, ils ne pourraient pas venir me voir, même masqués, et elle leur a assuré que j'étais partie dans mon sommeil, heureuse, a-t-elle dit, car j'avais encore le sourire quand elle m'avait découverte. Ce sourire a fort intrigué mes enfants et leurs enfants.

Mais moi je sais, je sais pourquoi j'ai souri.

J'ai souri parce que dès que je suis partie, je me suis retrouvée nulle part sans doute, mais dans un endroit ensoleillé, calme, paisible. Et parmi une foule de gens qui souriaient, vous n'allez pas me croire non plus, mais je suis tombée direct sur le père Noël et Isy. Oui oui, Isy et le père Noël ! Et tous deux jouaient, devinez à quoi ? À chifoumi. Et quand ils m'ont vue, ils se sont extasiés :

– Mais quelle bonne mine tu as ! Quel beau sourire !

– Ah ! Bienvenue ! Bienvenue ! Bienvenue !

Et moi j'ai dit :

– Je suis si heureuse de vous voir tous les deux !

– Il n'y a pas que toi qui es heureuse ici, m'ont-ils dit. Tout le monde est heureux ici. Regarde, tant d'enfants, tous ces enfants autour de nous.

Et ces enfants bien sûr voulaient tous parler au père Noël, et tous criaient : « Pense à nos petits souliers ! Pense à nos petits souliers ! »

Après chifoumi, Isy et le père Noël se sont tenus par la barbichette tout en se balançant des tapettes.

Les enfants m'ont entourée et ils m'ont demandé :

– Tu viens d'arriver ? Comment ça se passe en bas ? Tout va bien, hein ? Ça va de mieux en mieux, non ?

– Bien sûr, bien sûr, ça va de mieux en mieux, de mieux en mieux !

Isy a haussé les épaules, le père Noël aussi. Ils connaissaient la chanson.

Aux enfants, il faut toujours raconter de belles histoires. J'ai pensé aux enfants de Pitchik et de Pitchouk étalés sur les trottoirs, et à tous les autres, et à tous les autres abandonnés sur le sol…

Aujourd'hui, à Pichik comme à Pitchouk, ce ne sont plus seulement les enfants étoilés qui se retrouvent étalés comme ça, le monde est en progrès, maintenant tout le monde y a droit, quelle que soit son origine, sa religion, sa culture, tout le monde. On ne peut pas arrêter le progrès. Il continue, il continuera. Jusqu'à quand ? Jusqu'où ? Nul ne le sait.

Les enfants se sont mis à danser et je me suis aperçue qu'ils avaient les pieds nus, et je me suis inquiétée, mais Isy m'a dit : « En dansant sur les nuages ils ne risquent pas de se blesser les pieds. Ne t'inquiète pas, détends-toi. » J'ai embrassé le père Noël et tenté d'embrasser Isy, mais il m'a dit : « On a le temps, on a tout le temps, l'éternité pour se tenir dans les bras, maintenant il faut fêter ton arrivée. » Et les enfants nous ont entourés et ils ont commencé à chanter sous la direction du père Noël *L'Internationale* des enfants, vous savez :

Petit papa Noël
Quand tu descendras du ciel
N'oublie pas nos petits souliers

C'est alors qu'a surgi du brouillard du passé, parmi les nuages du présent, une photo, une de ces photos en noir et noir qu'Isy ne voulait pour rien au monde que je voie, une de ces photos parues juste après la guerre dans un journal yiddish. Entre un monceau de montures de lunettes et des ballots de cheveux coupés prêts à être expédiés, se dressait une montagne de chaussures d'enfants : ballerines, bottines, galoches, misérables chaussures de ville, petits sabots, et même quelques minuscules souliers vernis.

Oui oui, petit papa Noël, quand tu redescendras du ciel, n'oublie pas leurs souliers, merci.

Et puis, et puis, il y a eu comme une musique dans l'air, légère, un souffle de musique céleste. Non non, ni orgue, ni harpe, ni cor de chasse ! Seulement un petit accordéon crachotant une sorte de valse ou de java, je n'arrive pas à choisir entre les deux. Alors, une vieille chanson m'a caressé les lèvres et j'ai chanté tout bas, juste pour Isy et moi :

Bal petit bal
Où je t'ai connu
Souviens-toi
Tu n'étais pour moi
Ce soir-là
Rien qu'un inconnu

Et Isy m'a prise dans ses bras et m'a fait faire un tour de valse là-haut, tout là-haut, sur des tout petits nuages, tout frais pondus, tout près des étoiles, à deux pas de la lune. C'était vraiment le meilleur danseur que j'ai connu. Dans ses bras on avait l'impression d'être une plume dans le vent.

Non non, je ne pleure pas, je ne pleure plus. C'est ça qu'est chouette quand on est là-haut, et même quand on reste en bas, quand vient enfin la fin, tu ne pleures plus, jamais plus.

Allez, il se fait tard, les enfants, vivez bien et tâchez d'être heureux ! Pas que pour vous, hein, tâchez d'être heureux pour que les autres le soient. C'est ça le boulot. Tant qu'on est sur terre, on doit travailler pour que le bonheur devienne plus contagieux que le malheur… Ne ris pas, Isy, ne ris pas ! Imagine, c'est si bon d'imaginer l'inimaginable : un Chinois au fin fond de la Chine se réveille un matin « heureux » et, le lendemain, tous les Chinois et, le surlendemain, tous les humains !

Isy ? Isy, tu dors déjà ?

Alors, tu es bien, enfin…

Moi ? Moi, je suis bien, du moment que je suis à tes côtés, comme toujours, pour toujours.

Bon, au point où nous en sommes, mieux vaut tout se dire, non ?

Une fin d'après-midi, assis à ma table de travail, qui n'est rien d'autre que ma table de salle à manger débarrassée de la vaisselle sale, tout en luttant contre ce sommeil qui s'abat les fins d'après-midi sur les épaules des gens dits « d'âge », et tout en tentant d'achever le récit des aventures de madame Rosenberg-Rosenfeld égarée entre Pitchik et Pitchouk, j'ai entendu grelotter très fort mon téléphone fixe.

Drrrring drrrring drrrring !

D'ordinaire je ne décroche pas. Je laisse une chance au correspondant anonyme de déposer un message circonstancié justifiant ou non un appel en retour. Là, je ne sais pourquoi, j'ai décroché immédiatement.

– Allô ? Oui ?

– Vous êtes l'auteur ? chuchota une voix juvénile.

– Soi-disant, dis-je prudemment.

– Je viens de lire votre… Ça m'a semblé, comment dire, incohérent. Personne, personne, même un enfant de moins de cinq ans, ne pourra croire qu'une dame âgée comme votre héroïne puisse se glisser dans sa cheminée et s'agripper à une toile d'araignée quand le père Noël lui tombe dessus !

– Vous pensez ?

– Je suis sûre.

– Mais dites-moi, comment vous avez fait pour lire un truc que je suis à peine en train de finir ?

– Je suis la nièce de votre… Je lis tout ce qu'elle tape pour vous et c'est la première fois que je ressens un tel manque de cohérence.

– La planète Terre, cul par-dessus tête, se met à tourner à l'envers et à marcher à reculons, et vous vous me réclamez de la cohérence ?!

– Justement !

– Justement quoi ?

– Si la planète va comme vous dites, la littérature, elle, se doit de nous offrir un minimum de cohérence.

– Vous avez quel âge ?

– Douze ans, presque treize.

– Bon, écoutez, ce n'est pas pour me défiler, mais moi je n'ai fait que recueillir et mettre en forme – légèrement – le récit que madame Rosenberg…

– Rosenfeld !

– Non, Rosenberg, elle s'appelait Rosenberg, j'ai changé son nom.

– Pourquoi ?

– Par précaution. Si vous écrivez un jour quelque chose je vous conseille vivement de faire pareil.

– Je n'y manquerai pas, merci.

– Bon, donc madame Rose, Rosen, ou Rosette pour faire court, m'a confié cette histoire un après-midi à l'ombre d'un tilleul diffusant ses effluves apaisants aux ex-sociétaires de l'Amicale funéraire et solidaire des enfants de Pitchik, Pitchouk et environs, fondée par Baruch et Zina au milieu des années vingt.

– Ce serait donc madame Rosen qui aurait manqué de cohérence ?

– Voilà.

– Pourriez-vous alors, sans vous déranger, lui faire part de mon ressenti ?

– Pardon ?

– Mon ressenti de lecture.

– Mademoiselle, dis-je en tentant d'adoucir ma voix qui grondait, mademoiselle, si vous aviez lu ce que vous prétendez avoir lu, vous sauriez que cette dame, hélas ou pas, n'est plus de ce monde, et qu'en conséquence cohérente nul ne peut plus lui transmettre quoi que ce soit sur quoi que ce soit.

– Je sais bien, reprit la nièce précipitamment, mais ma tata m'a dit que vous étiez vous-même vieux et déprimé, alors j'ai pensé…

– Vous avez pensé d'une manière très cohérente.

– Merci. Sans vous déranger ni vous presser, si vous pouviez, en arrivant là-haut, lui faire part de mon ressenti, tout en lui disant aussi que je suis enchantée d'avoir pu faire sa connaissance par le truchement de ce livre et que je lui souhaite, bien sûr, une éternité longue et heureuse.

– Je n'y manquerai pas.

– Merci, merci beaucoup.

– Mais si c'est le père Noël que je croise en arrivant, lui qui y passe tous ses congés depuis que sa mère Noël y réside à demeure, que souhaitez-vous que je lui dise de votre part ?

– Au père Noël ?

– Oui.

– Merci.

– Juste merci ?

– Oui, merci d'exister encore !

Sur ce, elle a raccroché et j'ai soudain senti déferler en moi une grande bouffée de cohérence. Je me suis même surpris à envisager sereinement mon retour à Bagneux sous les tilleuls un jour plus ou moins proche.

Quant à vous qui lisez ce récit incohérent, si jamais vos pas vous entraînent à Bagneux vers la 91e division, arrêtez-vous un instant, ne serait-ce que pour poser deux trois cailloux signalant votre passage sur le marbre du caveau des enfants de Pitchik, Pitchouk et environs. Puis, prenez le temps de jeter un œil sur la haute pierre qui se dresse à côté du caveau. Sur cette haute pierre sont gravés, serré, serré, une foule de noms et de prénoms, dont ceux de Baruch et Zina, une foule de noms difficiles à lire, à écrire et à prononcer, seules traces de leur passage sur cette planète devenue incohérente. Ces noms gravés dans la pierre dure et froide sont, parmi des millions d'autres, les témoins de la barbarie des temps, de ce temps des cheminées qui les crachèrent dans les cieux à deux pas de Pitchik et Pitchouk.

Ce sont tous ces noms gravés sur tant de pierres et de murs qui nous empêchèrent, madame Rosenberg et moi, de croire tout à fait au père Noël et à la cohérence.

Vous savez quoi ? Même plus la peine de me rendre à Bagneux sous les tilleuls verts de la 91e division, madame Rosenberg me poursuit la nuit jusque dans mon lit, en tout bien tout honneur étant donné son état et le mien. La nuit dernière elle est venue en catimini me raconter comment Baruch, selon Isy, a conquis le cœur de Zina d'une seule phrase et sans même le faire exprès.

Sur ce banc, boulevard Rochechouart à la hauteur du square d'Anvers, cette nuit de 1922 – les années folles, disait-on, vous en souvenez-vous ? –, sur ce banc où ils passèrent sans se toucher la première de toutes leurs nuits passées côte à côte, après avoir en long en large et en travers évoqué les pogroms d'avant la Grande Guerre, ceux de la Grande Guerre, puis ceux de l'après-Grande Guerre, ainsi que la misère permanente, la peur, la haine et l'avenir obscurci, Zina demanda soudain à Baruch de sa voix d'oiseau moqueur qui faisait chanter le yiddish et ravissait les cœurs, pourquoi, lorsque deux Yids se rencontrent à l'autre bout du monde, pourquoi éprouvent-ils ainsi le besoin de se raconter en détail leurs malheurs passés. Sans réfléchir Baruch répondit en riant : « Pour mieux supporter les malheurs présents et se préparer à accueillir les malheurs futurs. »

Se sont-ils souvenus de cette conversation dans l'enfer du wagon à bestiaux qui les transportait à toute vapeur vers l'un de ces abattoirs dressés en hâte quelque part dans les environs de Pitchik ou Pitchouk ?

Après relecture de ce qui précède, en désespoir de cause et dans un grand soupir, j'ai dû me résoudre à demander au dibbouk de madame Rosenberg de bien vouloir cesser de me faire raconter des histoires si tristes. Les enfants d'aujourd'hui, et même leurs parents, surtout leurs parents, ayant grand besoin de rire de temps en temps, non ?

Jamais Isy n'avait pu dire « je t'aime » à madame Rosenberg. Pourtant, depuis qu'il est parti, m'a-t-elle dit, elle n'a cessé d'entendre l'écho de tous ces « je t'aime » jamais dits.

Sur mon fixe à cadran, un message vocal de la nièce :

« Monsieur, même avec l'aide de mon prof d'histoire-géo et de son atlas d'Europe centrale et orientale paru en 1919, je n'ai trouvé trace ni de Pitchik ni de Pitchouk. Si vous pouvez éclairer nos lanternes je vous en remercie d'avance. »

Pitchik et Pitchouk étaient deux bourgs voisins dépendant municipalement de la ville de Brody. Brody serait donc la ville de naissance officielle de Baruch et Zina. Le père Noël, m'a-t-on dit, passait rarement à Brody au XXe siècle, et n'y passe plus du tout désormais. La fréquence des pogroms et autres incidents finirent par faire douter les habitants de Pitchik, de Pitchouk, et même de Brody, de l'existence du père Noël ou de tout autre personnage se présentant comme sauveur suprême.

Pitchik et Pitchouk se sont évanouis, emportant avec eux leurs habitants corps et âme, crédules et incrédules. Seule Brody tente de survivre, sous le nom de Brod, quelque part à l'ouest de l'Ukraine. À Brody, comme dans d'autres villes d'Ukraine, le temps semble évoluer à rebours. On y entend de nouveau hurler les mots honnis : nazi, génocide, crime contre l'humanité, meurtre de masse, et on y tient jour après jour le décompte des enfants massacrés.

Pour éclairer les lecteurs, ceux qui auraient oublié ce que signifie le mot « nazi », ou ceux qui peut-être n'en auraient jamais connu la signification, je soumets à leur perspicacité une lettre du trop regretté Himmler citée à la page 187 de l'ouvrage fondateur de David Rousset *Le pitre ne rit pas*, paru aux éditions du Pavois en 1948.

> Le Reichsführer-SS. Poste de commandement du front. 1943.
> Affaire secrète du Reich.
> Au chef supérieur des SS et de la police en Ukraine.
>
> Cher Prützmann,
> Le général d'infanterie Sparpf a des ordres spéciaux pour la région du Donetz, entrez en contact immédiatement avec lui. Je vous donne mission de l'assister de toutes vos forces. Lors de l'évacuation de l'Ukraine il faut arriver à ce qu'il n'y reste rien, ni homme, ni bête, pas un quintal de céréales, qu'aucune zone ne reste debout, qu'aucune mine ne soit abandonnée si elle n'est pas détruite pour de longues années, et aucun puits s'il n'est empoisonné. Il faut vraiment que l'ennemi trouve une terre totalement détruite et brûlée. Parlez de tout ça avec Sparpf et tout

de suite. Et faites tout ce qu'il vous est humainement possible.

Heil Hitler,
votre Heinrich Himmler

Le lendemain, ce fut par un petit mot gribouillé glissé dans ma boîte aux lettres que la nièce persista dans sa carrière naissante de critique littéraire :

> Monsieur,
> Je suis scandalisée. Votre histoire de père et mère Noël ne peut finir ainsi. Vous ne pouvez pas laisser le dernier mot à messieurs Hitler et Himmler, non non, vous ne le pouvez pas. Vous n'en avez pas le droit. Recevez, monsieur, mes salutations de lectrice. J'attends. J'espère lire d'ici peu votre nouvelle fin. Merci d'avance.
> PS : je n'ai pas dit à Tante que je vous écris ni que je vous ai téléphoné, mais

> sachez qu'elle pense comme moi sans oser vous le dire.

Illico je l'approuve. Il ne faut pas qu'Himmler et Hitler aient le dernier mot, ni dans mon histoire – l'histoire de Rose et d'Isy –, ni dans le monde d'aujourd'hui, ni surtout dans le monde de demain.

Jeune, j'étais très attaché à Charlot et à Laurel et Hardy. Je voulais voir la vie à travers eux. Mais peu à peu je l'ai vue hélas à travers Hitler et Himmler. Ils ont envahi mon imaginaire et occupé mon ciboulot sans même laisser une zone libre. J'ai honte à le dire mais on ne voit plus guère Charlot ni Laurel et Hardy dans les médias, par contre on continue à voir Hitler hurler sa haine de l'humanité. Hitler fait même rire les enfants, certains le confondant avec Charlot. J'ai conscience que les jeunes, les enfants justement, méritent d'entrer dans la vie au son d'une autre musique, mais est-ce ma faute si, commençant une histoire de père et de mère Noël, je me retrouve après une poignée de pages avec une lettre d'Himmler comme conclusion ?

La nièce a raison, Hitler et Himmler ne doivent pas gagner la partie. Je me mis donc sans espoir en quête d'une autre fin.

Et comme toujours c'est le hasard qui m'a tiré d'affaire. Je clopinais sans but dans les rues la semaine de Noël – le Noël d'après, ce Noël que Rose Rosenberg n'aura pas atteint – et je me demandais si le père Noël allait, dans sa tournée prochaine, faire un crochet par la cheminée aux toiles d'araignée, quand, passant devant l'entrée d'un grand magasin populaire dont je préfère taire le nom, je découvre, sous la lumière froide de l'hiver et des néons, un père Noël écrasé de fatigue, à la tunique douteuse, piétinant dans la gadoue. Sur son visage, deux yeux gonflés et rouges, les yeux d'un qui a trop pleuré, des yeux comme punaisés au-dessus de sa fausse barbe sale et chiffonnée. Quand il perçoit mon regard, il se détourne, s'approchant en titubant d'enfants scotchés devant la vitrine, les invitant maladroitement à entrer dans le magasin.

Les enfants, l'apercevant, se détournent à leur tour et s'éloignent. Le malheur qui se lit sur un visage fait peur, même aux enfants. Le père Noël sinistre se jette alors sur leurs parents, qui se détournent également. Et là, brusquement, je le reconnais. Oui, je le reconnais sans l'avoir jamais vu. C'est lui, lui, le père Noël de madame Rosenfeld, c'est lui qui fait peur aux enfants et à leurs parents, c'est lui qui fait le pied de grue, les deux panards dans la boue, sous les lumières blafardes dans le froid de l'hiver.

Je m'approche et saisis son bras tout en lui disant tout bas :

– Vous êtes Seine-Buci ?

Il tente de se dégager, essayant de paraître outré de ma familiarité.

– Non non non non non, clame-t-il. C'est pas moi ! Pas moi !

Et tout en tentant de se dégager, il continue à protester :

– Mais c'est qui celui-là ? C'est qui, nom de Dieu de nom de…

– De nom de Diou, conclus-je alors le plus gentiment possible.

Il agite alors sa tête en tous sens.

– Non non non non non !

Son bonnet en tombe presque, mais je sens que mon « nom de Diou » a brisé sa défense.

Je tiens toujours son bras, de peur qu'il ne s'effondre, et je lui demande dans un murmure :

– Qu'est-ce qui vous est arrivé, père Noël ?

Il secoue encore plus fort sa tête, l'air de dire mais rien, rien du tout, fous-moi la paix, fous-moi la paix, avant de lâcher, vaincu, d'une voix quasi inaudible :

– Ils m'ont viré. Interdit de cheminées. Condamné à faire de la retape ici ou devant d'autres magasins de la chaîne, je n'ai plus qu'à faire le pied de grue éternellement en espérant qu'ils me reprendront à Pâques pour faire œuf ou cloche en chocolat itinérant.

– Non ?!

– Si ! Si ! Si ma mère Noël me voyait ! Ah j'ai honte, j'ai honte, j'ai si honte !

De ses deux mains ouvertes il presse ses yeux, comme pour leur cacher sa honte.

– Mais pourquoi ? Pourquoi ? Que s'est-il passé ?

– Début décembre j'ai voulu faire une reconnaissance des toits du quartier, de peur de me regourer, et je me suis retrouvé perdu sur ce même toit. Comme j'ai reconnu la cheminée et les toiles d'araignée, j'ai pas pu résister, je suis descendu. Mais arrivé en bas, devinez quoi, la cheminée était murée, murée, oui, bouchée ! Ils avaient fait des travaux. Les nouveaux proprios sûrement n'aimaient pas le style Napoléon III. Ils ont dû tout casser, le marbre et…

Il se met à trépigner et à crier soudain :

– Quand on bouche une cheminée, on la bouche par en haut, pas par en bas ! Ça m'a rendu dingue ! Dingue ! J'ai donné des coups de latte à m'en casser les pattes et j'ai fini par bousiller leur mur de merde au ciment trop frais. Alors les occupants, les nouveaux proprios, ont appelé les flics, et comme les flics m'ont reconnu, ils m'ont ramené direct au siège des Pères Noël associés. C'est là que le comité m'a déclaré inapte et interdit de toits et de cheminées. Ils ont même déchiré ma carte de membre. Mis à pied, ils m'ont dit. Mis à pied ! Ah nom de Diou de nom de Dieu !

Et de rage il piétine de nouveau le sol. Puis, comme vaincu :

– Depuis je vais d'une succursale de la chaîne à l'autre, je suis, comment dire, intérimaire, je fais partie de la piétaille, corvéable à merci.

– Mais non, mais non, vous êtes toujours père Noël ! Les enfants continuent à vous aimer ! Regardez comme ils vous regardent, vous faites naître l'espoir dans leurs yeux et dans leurs cœurs.

– Nan nan nan nan nan nan, ils me regardent en riant pour se foutre de moi, oui ! Ils se détournent, et même certains se bouchent le nez quand je m'approche. Pour eux je suis qu'un vieux clodo, un vieux clodo qui piétine dans la bouillasse. Et à force de piétiner j'ai commencé à gamberger, et c'est pas bon pour les pères Noël intérimaires de gamberger. Je sais, je sais que je ne verrai plus jamais ma mère Noël, celle qui tenait mon gouvernail dans la tempête. Je sais que je ne la verrai plus jamais là-haut.

– Mais pourquoi ?

– Je suis interdit de là-haut, interdit sur terre comme aux cieux. Ils ont déchiré ma carte. Je ne reverrai plus jamais madame Rosen et Isy, ni les fauteuils crapauds, ni la cheminée Napoléon III, ni les photos, ni les bibelots. Je suis triste, très triste, trop triste. Je fais peur aux enfants, pire, je les dégoûte.

Là, je me suis dit que comme nouvelle fin c'était moyen moyen, ça risquait de ne pas plaire à la nièce ni même à la tante. Il fallait donc que j'en invente une autre, pleine d'espoir, de vrai espoir. Alors j'ai parlé au père Noël comme ça me venait dans le désordre de la parole. Je l'ai pris dans les bras, je l'ai serré contre moi et, véhément, je lui ai crié en le secouant :

– Père Noël ! Père Noël ! Reprenez-vous ! Reprenez-vous ! Vous êtes le seul espoir des enfants ! Ils n'ont pas besoin de jouets ni de cadeaux, ils ont besoin d'espoir et de croire en vous, de croire en eux, de croire à la bonté de l'humanité, à la beauté du monde qui s'est réfugiée dans leurs sourires, tout près de la lumière de l'univers qui brille encore dans leurs petits yeux. Et ça, ça, c'est grâce à vous, père Noël ! Grâce à vous. Continuez, continuez, je vous en supplie ! Courage, courage ! Courage vaut mieux que force ni que rage.

C'est à ce moment-là que surgit du fin fond du magasin un autre père Noël pourvu d'énormes sourcils et d'immenses rouflaquettes, une véritable montagne sur pattes, un méchant-méchant tout droit sorti d'un Charlot ou d'un Laurel et Hardy. Ni une ni deux il me saisit par le colbac et m'arrache à la bouillasse tout en me hurlant dans le nez :

– T'arrêtes ! T'arrêtes de faire caguer mon collègue ! Y en a marre ! Y en a marre, t'entends, de tous ces intellos qui n'aiment pas les pères Noël ! J'veux plus te voir dans le quartier ! Sinon j'vais cogner, j'vais te mettre la tête au carré ! Compris ? Casse-toi ! Casse-toi ! Dégage !

Et là, d'une chiquenaude, il m'envoie valdinguer à l'autre bout du trottoir en plein dans la vitrine des peluches.

Trois jours plus tard je me suis réveillé dans une petite chambre sur un lit inconnu, près d'un water privatif.

Dès que j'ai pu, malgré les tuyaux que j'avais dans le nez, j'ai dicté téléphoniquement cette nouvelle fin. Un quart d'heure après, la nièce m'envoyait un message sur WhatsApp dont j'ai pris connaissance quelques mois plus tard, étant dans l'impossibilité alors de lire quoi que ce soit sur WhatsApp ou tout autre moyen de communication.

Pour votre information, voici le contenu du message :

> Vous avez fini par vaincre Hitler. Vous avez fait triompher Charlot et Laurel et Hardy. Bravo. Ne perdez pas courage. Courage vaut mieux que force ni que rage. J'attends votre

prochain ouvrage plein d'espoir et de foi dans les pères Noël, les livres et l'humanité. Merci.

Une fois rétabli, je suis repassé devant le magasin aux deux pères Noël. Et j'ai eu la surprise de retomber sur eux, en civil cette fois, nous étions en plein mois de juillet. Gros Sourcils s'est approché de moi, j'ai reculé de deux trois pas. Il a baissé la tête tout en ôtant son béret XXL et m'a dit :

– Pardon, je ne savais pas que vous étiez l'auteur.

Je lui ai dit que je lui pardonnais, nul n'étant censé tout savoir, pas même l'auteur.

Puis je me suis adressé à mon père Noël à moi :

– Comment ça va, vous ?

– Super, m'a-t-il dit. Le magasin m'a offert un CDI de vigile avec une matraque rétractable, un vrai bijou.

Tandis qu'il me faisait une démonstration de rétractabilité, je me suis dit qu'il était temps, grand temps, que j'aille me faire voir ailleurs, quelque part entre Pitchik et Pichouk. Après un petit bond en arrière, je me suis retrouvé assis, plein d'espoir, sur ce banc du boulevard Rochechouart, au cœur des années vingt – les années folles, disait-on, vous en souvenez-vous ?

Là, si j'avais le pouvoir ou le don de faire chanter et danser les pages et les mots d'un livre, je collerais volontiers une giclée de charleston, histoire de changer d'air et, qui sait, Rose et Isy reviendraient peut-être alors chanter et danser pour vous et moi.

La nièce me signale, à toutes fins inutiles, que certains de ses petits camarades, assoiffés comme elle le fut de cohérence, ne manqueront pas de me demander comment et où madame Rosenberg-Rosenfeld a pu raconter sa fin dernière au soi-disant auteur. À ceux-là je conseillerai d'aller s'asseoir à Bagneux sous le tilleul bicentenaire dont l'ombre fraternelle caresse en fin d'après-midi le marbre des caveaux étoilés et, pour peu qu'il y ait un brin de vent et qu'il leur reste un brin d'ouïe, ils pourront distinguer dans le bruissement du feuillage la voix bienveillante de madame Rosen, sa voix provenant du tréfonds du caveau, là où seules les racines du tilleul peuvent venir lui caresser les cartilages.

Ceux et celles jouissant d'une ouïe plus performante pourront espérer, un jour d'orage, sous l'averse ou la grêle, capter des voix plus rares encore, les voix de celles et ceux dont seuls les noms et prénoms sont gravés là, dans la pierre. Pardon ? D'où viennent ces voix ? Du passé, du présent, de la mémoire et de l'oubli. Oubli de ce qui fut et qui n'est plus. Et ceux qui comme madame Rosen et moi-même ne savent plus quoi faire de leur vieille peau, les jours dits de fête, sinon arpenter les allées des cimetières, ceux-là, avec un peu de chance et beaucoup d'attention, pourront saisir au vol des chuchotis d'enfants qui n'ont pas eu le temps ni le loisir de croire ou non au père Noël, psalmodiant en chœur leur hymne aujourd'hui dérisoire :

Petit papa Noël
Quand tu redescendras du ciel…

Dans les années cinquante du siècle précédent, le vingtième donc, le futur soi-disant auteur de ce prétendu conte, jeune apprenti tailleur de son état, pour dames et demoiselles, ignorait pourquoi les vieilles personnes se sentaient obligées de raconter des histoires aux enfants, même à ceux devenus vieux. Pourtant, instinctivement, l'apprenti, pour fuir sans doute son passé, son présent et son avenir, s'était réfugié dans les livres. Il lisait en marchant, en mangeant, en se lavant les dents – quand il se les lavait –, aux toilettes où il restait très longtemps, dans le bus, le métro, enfin il lisait partout et tout le temps. Au point qu'un jour l'un de ses premiers patrons – il en eut dix-huit – le surprit lisant tout en cousant à la machine.

Le soir venu, le patron lui demanda :

– Tu aimes lire ?

– Euh… oui, oui.

– Tu lis quoi ?

– Des livres d'aventures, les cow-boys, les indiens, les pirates, les chevaliers… Je passe une fois par semaine à la bibliothèque municipale, je prends huit, neuf livres – j'ai trois cartes – et je les lis le plus vite possible.

– Pourquoi vite ?

– Pour pouvoir les rendre et en prendre d'autres.

Le patron approuva comme s'il comprenait, puis il fit signe au jeune apprenti de le suivre dans la partie privée de l'appartement, partie où jamais les ouvriers et ouvrières n'entraient. Après avoir mis un peu de lumière, le patron se dirigea droit vers un placard qu'il ouvrit. Une foule de livres apparurent, brochés, reliés, dressés ou couchés. Le placard débordait de bouquins.

– Sers-toi ! dit le patron.

Et l'apprenti resta seul face à la masse de livres qui s'offrait à lui.

De la salle de bains le patron cria :

– Tu peux les prendre tous si tu veux !

L'apprenti, transporté de bonheur, saisit alors au hasard un ouvrage relié plein cuir. Il voulut y jeter un œil mais il lui sembla qu'il ne l'avait pas ouvert dans le bon sens. De plus les caractères lui étaient inconnus, incompréhensibles. Il le reposa, en saisit un autre, l'ouvrit.

Le patron revint en s'essuyant les mains.

– Tu trouves ton bonheur ? Ah, là, tu le tiens à l'envers, ça s'ouvre comme ça. On lit comme ça, de droite à gauche.

Puis il lui présenta le livre dans le bon sens cette fois-ci, c'est-à-dire à l'envers.

L'apprenti dit alors :

– Je sais pas lire ça.

– C'est yiddish, dit le patron.

– Je ne lis pas yiddish.

– Et hébreu ?

L'apprenti haussa les épaules.

Le patron précisa :

– Moi non plus, je ne lis ni yiddish ni hébreu.

– Mais vous, vous parlez yiddish ?

– Je le parle mais je ne le lis pas.

– Pourquoi garder tous ces livres alors ?

– C'est mon héritage, ce qui me reste de mes parents. Ils les ont apportés avec eux de Pologne, dans leurs valises, et c'est le seul bien qu'après guerre j'ai retrouvé. Leurs machines à coudre, leurs ciseaux, leurs tables de coupe, leurs fers à repasser, tout avait été volé. Jusqu'à leurs taies d'oreiller et leurs petites cuillères, seuls leurs livres étaient demeurés bien sagement cachés dans le placard. C'est mon héritage.

– Si vous ne pouvez pas les lire, faut les vendre.

– Les vendre ?! À qui ?

Cette idée fit rire le patron.

– Ce sont des livres orphelins de père et mère, d'auteurs et de lecteurs, d'acheteurs, d'imprimeurs, d'éditeurs. Chaque survivant, comme chaque enfant de non-survivant, a dans sa cave ou dans ce genre de placard des orphelins de papier, et il cherche à qui les donner pour ne pas avoir à les jeter.

Le patron prit l'un des livres, relié magnifiquement. Au centre de la couverture un ensemble de nervures entourait, dans le cuir épais, une photo : un barbu, coiffé d'une kippa, semblait fixer l'apprenti qui tenait l'ouvrage devant lui.

Le patron s'installa sur le divan tout en précisant :

– C'était mon arrière-grand-père, ou mon grand-père, va savoir…

Puis il fit signe à l'apprenti de s'asseoir en face de lui dans l'un des fauteuils crapauds qui encadraient le placard. Il alluma sa pipe et continua :

– Mon arrière, ou mon… je ne sais pas… je m'y perds un peu.

– Il était écrivain ? demanda timidement l'apprenti.

– Non. Il se nommait Motek. Si tu as deux trois minutes, je peux te raconter son histoire.

L'apprenti dit qu'il avait tout son temps pour écouter une histoire.

Le patron reprit :

– Quand Motek avait ton âge, treize, quatorze ans, son père lui trouva une place chez un libraire ambulant, un colporteur qui sillonnait la Pologne orientale, la Galicie, la Podolie, tirant sa minuscule carriole bourrée de livres. En vieillissant il n'eut plus la force de la tirer seul. Motek la tira donc avec lui. Motek n'aimait pas lire, mais il aimait parcourir des kilomètres en tirant la carriole, découvrir des endroits, des villes inconnus.

Partout ils étaient accueillis, attendus et fêtés. Mais ce que Motek aimait le plus, c'était tirer seul la carriole pour éprouver sa force. Le colporteur aurait aimé qu'il lise des livres, mais Motek n'aimait pas lire. Et après une journée à tirer la carriole, il s'écroulait de sommeil.

Le colporteur alors décida de lui raconter en marchant les livres qu'il ne lisait pas, mais sans jamais lui raconter la fin.

Motek le suppliait : « Comment ça finit ? Comment ça finit ?

– Ça, pour le savoir, Motélè, il faut lire le livre, ou alors t'inventer une fin. »

Un jour, dans la longue montée entre Pitchik et Pitchouk, tandis que le colporteur racontait en détail à Motek la vie magique et secrète du Baal Chem Tov qui avait vécu là dans les environs, un bruit s'éleva de la vallée, un bruit de cavalcade, de chevaux galopants, accompagné de cris. Ce bruit s'élevait vers eux. Le colporteur arrêta son récit, la route grimpait, bordée de talus. Pour échapper au bruit, et aux cris, et à la fureur qu'on sentait dans ces cris, ils auraient dû abandonner la carriole pleine de livres et de mercerie. Le colporteur dit alors à Motek : « Sauve-toi ! Sauve-toi ! Moi je ne peux plus courir, toi, cours ! Va !

– Mais maître – il l'appelait maître – maître !...

– Tais-toi ! Sauve-toi et ne reviens vers moi que lorsqu'ils seront passés. Essayons au moins de sauver quelques livres ! »

Motek croisa le regard déterminé de son maître et en même temps il aperçut au loin les premiers cavaliers. Il gravit le talus et se cacha dans un buisson, de là il vit son maître se diriger vers le premier cavalier, se placer au centre du chemin comme pour protéger sa carriole, ôter son chapeau et s'incliner cérémonieusement face au premier cavalier, sabre au clair. Celui-ci d'un seul coup d'un seul fit voler la kippa en brisant au passage le crâne du colporteur qui s'effondra dans la poussière du chemin. Motek sentit dans sa poitrine son cœur se tordre. Il aurait voulu avoir lui aussi un sabre pour briser à son tour le crâne de ce sabreur qui répondait modestement aux cris d'admiration et d'allégresse de ses compagnons. « D'un seul coup d'un seul, la calotte et le crâne du youpin ! Youpi ! Bravo ! Hourra ! » Ils avaient tous mis pied à terre. Étaient-ce des cosaques blancs ou des cosaques rouges ? Je ne sais. C'étaient des pogromistes. Déçus de ne trouver que des livres et de la mercerie, ils mirent le feu à la carriole. Puis ils repoussèrent du pied le corps du colporteur et hop ! En selle ! Au galop vers de nouveaux exploits.

L'apprenti écoutait de toute son âme. Ce n'était pas comme lorsqu'il lisait d'ordinaire. Là, Motek, c'était lui. Et lui aussi avait furieusement envie d'avoir un sabre pour briser le crâne des cosaques.

Le patron se tut un instant puis reprit :

– Motek redescendit du talus, recouvrit le corps de son maître de son talith, puis il tenta de récupérer quelques livres, mais ils étaient tous plus ou moins brûlés. Il se dit qu'aller là-haut, vers Pitchouk, c'était sans doute se jeter dans la gueule du loup. Il décida donc de poursuivre sa route à travers champs et d'aller droit devant lui pour éviter les massacreurs. La nuit tomba. Il erra dans la campagne.

Enfin il arriva dans un village dont toutes les fenêtres et toutes les portes étaient closes. Devant ce qu'il devina être la synagogue, il y avait quelques corps allongés là, dans la poussière, sous la lune. Il tourna en rond dans ce village désert qui sentait le brûlé, cherchant une porte ouverte. Il s'arrêta face à une maison où semblait briller un lumignon et là il cria très fort : « J'ai faim ! J'ai faim ! Je suis Motek ! C'est moi qui tire la charrette de

Mendel, le marchand de livres ! J'ai faim ! Je veux un endroit pour la nuit ! J'ai faim ! J'ai froid ! »

Une fenêtre enfin s'entrouvrit, une voix gronda : « Que veux-tu ?

– Manger !

– Où est ton maître ? Où est Mendel ?

– Les massacreurs l'ont tué.

– Où sont les livres ? Où est mon châle ? dit une voix féminine.

– Tout a été volé ou brûlé.

– Tu n'as rien pour nous ?

– Rien. »

La fenêtre se referma.

Motek après un silence se remit à hurler de douleur et de rage.

Un enfant parut alors et lui demanda : « Tu connais des histoires comme Mendel savait en raconter ?

– Euh… »

Il n'osa pas dire oui.

« Si tu nous racontes une histoire tu auras un plein bol de kacha.

– Un bol de kacha ? »

Ces mots lui firent venir une pleine bouche de salive.

« Je connais des tas d'histoires », dit-il en essayant de ravaler ce trop-plein de salive.

L'enfant lui prit alors la main.

« Viens ! »

Ils pénétrèrent dans une espèce de grange où des gamins et gamines se trouvaient regroupés autour d'une bougie.

« Il connaît des histoires ! annonça l'enfant.

– Des histoires qui font rire ? demanda l'un des gosses.

– Qui font pleurer ? dit un autre.

– Des histoires qui font rêver ? implora une petite fille.

– Bien sûr je connais des tas d'histoires qui font rire, pleurer et rêver, déclara Motek qui cherchait déjà des yeux la kacha.

– D'abord l'histoire, après la kacha », déclara l'enfant qui semblait être le maître des lieux.

Motek s'installa, ouvrit la bouche, bien décidé à gagner son pain et sa kacha. Mais rien ne vint, rien de rien, sa tête était vide, il se sentait épuisé, il songeait simplement que son maître était mort et les livres brûlés. Il ne savait pas quoi raconter. Rien ne venait. Le silence se prolongeait. Motek se disait : Je connais tant d'histoires, tant d'histoires ! Qu'importe si je n'en connais pas les fins, je trouverai bien une fin en avançant. Il ouvrit la bouche, resta un instant ainsi, puis la referma.

Le capitaine des enfants toussa très fort pour lui faire comprendre qu'il devait commencer s'il voulait manger. Alors Motek se jeta, comme on dit, à l'eau, il tourna dans sa bouche des mots et des mots et des mots, et au bout d'un moment il entendit une sorte de rire d'enfant. Il continua en tremblant de fatigue et de colère. Puis il entendit un reniflement, puis un gémissement. Et là, et là, il se sentit mieux. Il continua. Les mots s'alignaient les uns derrière les autres et paraissaient prendre un sens, un sens qu'il ne comprenait pas lui-même. Enfin, c'est affreux à dire et à écrire, il prit du plaisir. Il prit du plaisir, malgré la colère qui l'habitait, en disant cette colère, cette douleur, cette souffrance, et aussi en évoquant la beauté des paysages qu'il avait traversés et retraversés, et celle des gens qu'il avait rencontrés. Et il parlait, il parlait. Les gosses étaient aux anges. Jamais peut-être on ne leur avait parlé ainsi.

Puis il leur raconta comment Mendel le colporteur, digne et serein, s'était dressé seul face aux cosaques, comment il avait ôté son chapeau et présenté sa kippa. Il dit le courage de cet homme, seul, dressé face aux massacreurs, sans trembler ni supplier avant d'être frappé.

Le silence se fit alors. Et l'enfant lui glissa un bol de kacha froide dans les mains, et tous les enfants le regardèrent manger. Motek pleurait en mangeant. Les enfants pleuraient en l'écoutant manger, comme ils avaient pleuré en l'écoutant raconter la fin du colporteur.

Le patron se tut, respira un grand coup, puis demanda avec une autre voix :

– Tu aimes la kacha, toi ?

L'apprenti dit :

– Maman ne m'en fait pas.

– Dis-lui de t'en faire, c'est bon et ça coûte pas cher.

Il y eut un nouveau silence. Le patron dit enfin :

– Tu vas prendre deux ou trois de ces bouquins – choisis les plus belles reliures – et tu les poseras sur ta cheminée ou sur le marbre du buffet à côté du chandelier à sept branches.

L'apprenti, gêné, dit avec difficulté :

– À la maison il n'y a ni cheminée, ni marbre sur le buffet, ni chandelier.

– Ni chandelier ?! dit le patron. Mais tu es juif quand même ?

L'apprenti se redressa et déclara, fier tout à coup :

– Juif ? Oui, oui. Je suis juif.

– Bon ben alors, prends-en quand même un ou deux, tu les mettras où tu voudras, histoire de leur faire prendre un peu l'air de Paname qu'est le roi des patelins.

L'apprenti choisit deux belles reliures en carton bouillu, mais avec des illustrations en noir et blanc pleine page à l'intérieur.

Le patron lui dit en le raccompagnant jusqu'à la porte de l'atelier, tout en lui serrant la main :

– Tu sais, je crois que tu n'as pas la fibre pour devenir tailleur pour dames. Va plutôt du côté des livres si tu vois ce que je veux dire. Tu vois ce que je veux dire ?

L'apprenti ne voyait pas mais fit comme s'il voyait.

Il partit, serrant ses deux livres, heureux, heureux d'être devenu juif, et surtout fier de l'être. Heureux aussi d'avoir été viré. Il pensait : Demain, et après-demain, je vais pouvoir lire deux jours de suite. Hélas, le lendemain après-midi l'ORT lui avait déjà trouvé une autre place.

Comment ? S'il a gardé les livres reliés en carton bouillu dans un placard chez lui ?

L'histoire ne le dit pas. Les histoires ne disent pas tout. En tout cas, longtemps après, devenu soi-disant auteur, il a toujours du mal, comme Motek, à finir son histoire…

Lorsqu'une histoire se termine, une autre doit-elle commencer ?

Le 21 octobre 2022 je devais, il en était convenu entre nous, faire parvenir à Maurice Olender, mon éditeur et ami très cher, le dernier état de mon conte pour si vieux enfants qu'à la fin ils en meurent. Or il se trouve pour diverses raisons que le 21 ce texte n'était pas tout à fait cuit à point et à virgule. Bien sûr Maurice en avait déjà lu et approuvé de multiples états et il ne lui restait plus que quelques bribes à découvrir. Je me suis donc dit que, comme il n'y avait pas le feu, nous n'étions pas, ni l'un ni l'autre, à quelques jours près. Le texte dans son dernier état est ainsi passé dans les tuyaux la nuit du 26 au 27 octobre. Et ce fut le 27 octobre au matin que Maurice ne s'est pas réveillé et que sa si chère et si tendre épouse eut la douleur de découvrir son départ inopiné.

Si demain, à Dieu ne déplaise, il me revient le désir, la force ou la folie de m'engager dans la rédaction d'une nouvelle histoire pour très jeunes ou très vieux enfants, il me faudra imaginer, puis rédiger, puis corriger, puis finir sans Jacqueline à mes côtés et désormais sans Maurice. Je devrai alors apprendre à me passer de l'amour de l'une et de l'amitié féconde, fraternelle et créatrice, de l'autre. Maurice, comme auteur, éditeur, historien, en tout ce qu'il entreprit – et il entreprit tant et tant ! – voulut avant tout être libre, et il le fut. Mais il voulut également que ses auteurs soient libres, et ils le furent. Au fil des ans et des livres il devint un ami, un frère, et même, j'ai peine à le dire, un père bien plus jeune que moi. Il me devinait, me comprenait, bien avant que je ne me devine ou ne me comprenne.

Une fois là-haut, où je ne doute pas qu'il a sa place réservée, peut-être est-il tombé sur madame Rosenberg, ou Isy, ou le père Noël et sa moitié d'orange, la mère Noël ? Peut-être même s'est-il trouvé face à Dieu le père himself ? Quoi qu'il en soit, il saura leur faire écrire à tous des histoires de vie, d'amour et de bonté à son image.

Ma mère me disait : À force de raconter des histoires de mort, la mort va finir par te rattraper et te prendre. Il semble que la Faucheuse ait choisi une autre tactique : s'acharner sur ceux que j'aime, pire sur ceux qui m'aimaient.

Jean-Claude Grumberg
Novembre 2022

L'auteur

Jean-Claude Grumberg est l'auteur d'une trentaine de pièces de théâtre, dont *Demain une fenêtre sur rue*, *Rixe*, *Les Vacances*, *Amorphe d'Ottenburg*, *Dreyfus*, *Chez Pierrot*, *En r'venant d'l'Expo*, *L'Atelier*, *L'Indien sous Babylone*, *Zone libre*, *L'Enfant do*, *Rêver peut-être*. Il est aussi l'auteur de pièces de théâtre pour la jeunesse : *Le Petit Violon*, *Marie des grenouilles*, *Pinok et Barbie*, *Le Petit Chaperon Uf*, etc.

L'ensemble de son œuvre théâtrale est édité chez Actes Sud-Papiers.

Il a publié aux Éditions du Seuil, dans « La Librairie du XXIe siècle », *Mon Père. Inventaire*, suivi d'*Une leçon de savoir-vivre* (2003), *Pleurnichard* (2010), *La Plus Précieuse des marchandises. Un conte* (2019) – cet ouvrage a été couronné par de nombreux prix : prix spécial du jury du prix des Libraires, prix des Lecteurs de *L'Express*/BFM TV, lauréat de Paris pour le Prix littéraire des lycéens, apprentis et stagiaires de la formation professionnelle de la région Île-de-France, prix d'honneur de la librairie Filigranes (Bruxelles)… –, et *Jacqueline Jacqueline* (prix littéraire *Le Monde* 2021).

Jean-Claude Grumberg a reçu en 2019 le Grand Prix de la Société des gens de lettres pour l'ensemble de son œuvre.

Il s'est aussi vu décerner, notamment, le prix du Syndicat de la critique, le prix de la SACD et le prix Plaisir du théâtre pour *Dreyfus* ; le prix du Syndicat de la critique, le Grand Prix de la Ville de Paris, le prix Ibsen et le Molière du meilleur auteur pour *L'Atelier* ; le Molière du meilleur auteur et le prix du théâtre de l'Académie française pour *Zone libre* ; le prix de la Critique pour *Rêver peut-être* ; le Grand Prix de la SACD 1999 pour l'ensemble de son œuvre ; le Molière du meilleur auteur pour sa pièce *Vers toi terre promise. Tragédie dentaire* ; ainsi que le Grand Prix du Syndicat de la critique 2009 et le prix artistique 2009 de la Fondation France-Israël.

La Librairie du XXIe siècle

Sylviane Agacinski, *Le Passeur de temps. Modernité et nostalgie.*

Sylviane Agacinski, *Métaphysique des sexes. Masculin/féminin aux sources du christianisme.*

Sylviane Agacinski, *Drame des sexes. Ibsen, Strindberg, Bergman.*

Sylviane Agacinski, *Femmes entre sexe et genre.*

Sylviane Agacinski, *Le Tiers-Corps. Réflexions sur le don d'organes.*

Giorgio Agamben, *La communauté qui vient. Théorie de la singularité quelconque.*

Sébastien Albertelli, Julien Blanc et Laurent Douzou, *La Lutte clandestine en France. Une histoire de la Résistance (1940-1944).*

Anne-Marie Albiach, *La Mezzanine, le dernier récit de Catarina Quia*, préface de Jacques Roubaud.

Henri Atlan, *Tout, non, peut-être. Éducation et vérité.*

Henri Atlan, *Les Étincelles de hasard I. Connaissance spermatique.*

Henri Atlan, *Les Étincelles de hasard II. Athéisme de l'Écriture.*

Henri Atlan, *L'Utérus artificiel.*

Henri Atlan, *L'Organisation biologique et la Théorie de l'information.*

Henri Atlan, *De la fraude. Le monde de l'*onaa.

Marc Augé, *Domaines et Châteaux.*

Marc Augé, *Non-lieux. Introduction à une anthropologie de la surmodernité.*

Marc Augé, *La Guerre des rêves. Exercices d'ethnofiction.*

Marc Augé, *Casablanca.*

Marc Augé, *Le Métro revisité.*

Marc Augé, *Quelqu'un cherche à vous retrouver.*

Marc Augé, *Journal d'un SDF. Ethnofiction.*

Marc Augé, *Une ethnologie de soi. Le temps sans âge.*

Jean-Christophe Bailly, *Le Propre du langage. Voyages au pays des noms communs.*

Jean-Christophe Bailly, *Le Champ mimétique.*

Marcel Bénabou, *Jacob, Ménahem et Mimoun. Une épopée familiale.*

Marcel Bénabou, *Pourquoi je n'ai écrit aucun de mes livres.*

Maurizio Bettini, *Noël. Aux origines de la crèche.*

Julien Blanc, *Au commencement de la Résistance. Du côté du musée de l'Homme, 1940-1941.*

Julien Blanc, voir Sébastien Albertelli *et alii.*

R. Howard Bloch, *Le Plagiaire de Dieu. La fabuleuse industrie de l'abbé Migne.*

Remo Bodei, *La Sensation de déjà vu.*

Ginevra Bompiani, *Le Portrait de Sarah Malcolm.*

Julien Bonhomme, *Les Voleurs de sexe. Anthropologie d'une rumeur africaine.*

Yves Bonnefoy, *Lieux et Destins de l'image. Un cours de poétique au Collège de France (1981-1993).*

Yves Bonnefoy, *L'Imaginaire métaphysique.*

Yves Bonnefoy, *Notre besoin de Rimbaud.*

Yves Bonnefoy, *L'Autre Langue à portée de voix.*

Yves Bonnefoy, *Le Siècle de Baudelaire.*

Yves Bonnefoy, *L'Hésitation d'Hamlet et la Décision de Shakespeare.*

Philippe Borgeaud, *La Mère des dieux. De Cybèle à la Vierge Marie.*

Philippe Borgeaud, *Aux origines de l'histoire des religions.*

Philippe Borgeaud, *La Pensée européenne des religions.*

Jorge Luis Borges, *Cours de littérature anglaise.*

Esteban Buch, Trauermarsch. *L'Orchestre de Paris dans l'Argentine de la dictature.*

Claude Burgelin, *Les Mal Nommés. Duras, Leiris, Calet, Bove, Perec, Gary et quelques autres.*

Italo Calvino, *Pourquoi lire les classiques.*

Italo Calvino, *La Machine littérature.*

Paul Celan et Gisèle Celan-Lestrange, *Correspondance.*

Paul Celan, *Le Méridien & autres proses.*

Paul Celan, *Renverse du souffle.*

Paul Celan et Ilana Shmueli, *Correspondance.*

Paul Celan, *Partie de neige.*

Paul Celan et Ingeborg Bachmann, *Le Temps du cœur. Correspondance.*

Michel Chodkiewicz, *Un océan sans rivage. Ibn Arabî, le Livre et la Loi.*

Antoine Compagnon, *Chat en poche. Montaigne et l'allégorie.*

Hubert Damisch, *Un souvenir d'enfance par Piero della Francesca.*

Hubert Damisch, *CINÉ FIL.*

Hubert Damisch, *Le Messager des îles.*

Hubert Damisch, *La Ruse du tableau. La peinture ou ce qu'il en reste.*

Luc Dardenne, *Au dos de nos images (1991-2005)*, suivi des scénarios de *Le Fils* et *L'Enfant*, par Jean-Pierre et Luc Dardenne.

Luc Dardenne, *Au dos de nos images II (2005-2014)*, suivi des scénarios de *Le Gamin au vélo* et *Deux Jours, une nuit*, par Jean-Pierre et Luc Dardenne.

Luc Dardenne, *Au dos de nos images III (2014-2022)*, suivi des scénarios de *Le Silence de Lorna*, *La Fille inconnue*,

Le Jeune Ahmed et *Tori et Lokita*, par Jean-Pierre et Luc Dardenne.

Luc Dardenne, *Sur l'affaire humaine.*

Michel Deguy, *À ce qui n'en finit pas.*

Florence Delay, *Il n'y a pas de cheval sur le chemin de Damas.*

Florence Delay, *Zigzag.*

Daniele Del Giudice, *Quand l'ombre se détache du sol.*

Daniele Del Giudice, *L'Oreille absolue.*

Daniele Del Giudice, *Dans le musée de Reims.*

Daniele Del Giudice, *Horizon mobile.*

Daniele Del Giudice, *Marchands de temps.*

Daniele Del Giudice, *Le Stade de Wimbledon.*

Mireille Delmas-Marty, *Pour un droit commun.*

Jean-Paul Demoule, *Mais où sont passés les Indo-Européens ? Le mythe d'origine de l'Occident.*

Marcel Detienne, *Comparer l'incomparable.*

Marcel Detienne, *Comment être autochtone. Du pur Athénien au Français raciné.*

Donatella Di Cesare, *Heidegger, les Juifs, la Shoah. Les* Cahiers noirs.

Milad Doueihi, *Histoire perverse du cœur humain.*

Milad Doueihi, *Le Paradis terrestre. Mythes et philosophies.*

Milad Doueihi, *La Grande Conversion numérique.*

Milad Doueihi, *Solitude de l'incomparable. Augustin et Spinoza.*

Milad Doueihi, *Pour un humanisme numérique.*

Laurent Douzou, voir Sébastien Albertelli *et alii.*

Jean-Pierre Dozon, *La Cause des prophètes. Politique et religion en Afrique contemporaine*, suivi de *La Leçon des prophètes* par Marc Augé.

Pascal Dusapin, *Une musique en train de se faire.*

Brigitta Eisenreich, avec Bertrand Badiou, *L'Étoile de craie. Une liaison clandestine avec Paul Celan.*

Uri Eisenzweig, *Naissance littéraire du fascisme.*

Uri Eisenzweig, *Le sionisme fut un humanisme.*

Norbert Elias, *Mozart. Sociologie d'un génie.*

Norbert Elias, *Théorie des symboles.*

Norbert Elias, *Les Allemands. Luttes de pouvoir et développement de l'habitus aux* XIXe *et* XXe *siècles.*

Rachel Ertel, *Dans la langue de personne. Poésie yiddish de l'anéantissement.*

Arlette Farge, *Le Goût de l'archive.*

Arlette Farge, *Dire et mal dire. L'opinion publique au* XVIIIe *siècle.*

Arlette Farge, *Le Cours ordinaire des choses dans la cité du* XVIIIe *siècle.*

Arlette Farge, *Des lieux pour l'histoire.*

Arlette Farge, *La Nuit blanche.*

Lisa Fittko, *Le Chemin Walter Benjamin*, précédé de *Le Présent du passé*, par Edwy Plenel.

Alain Fleischer, *L'Accent, une langue fantôme.*

Alain Fleischer, *Le Carnet d'adresses.*

Alain Fleischer, *Réponse du muet au parlant. En retour à Jean-Luc Godard.*

Alain Fleischer, *Sous la dictée des choses.*

Lydia Flem, *L'Homme Freud.*

Lydia Flem, *Casanova ou l'Exercice du bonheur.*

Lydia Flem, *La Voix des amants.*
Lydia Flem, *Comment j'ai vidé la maison de mes parents.*
Lydia Flem, *Panique.*
Lydia Flem, *Lettres d'amour en héritage.*
Lydia Flem, *Comment je me suis séparée de ma fille et de mon quasi-fils.*
Lydia Flem, *La Reine Alice.*
Lydia Flem, *Discours de réception à l'Académie royale de Belgique*, accueillie par Jacques de Decker, secrétaire perpétuel.
Lydia Flem, *Je me souviens de l'imperméable rouge que je portais l'été de mes vingt ans.*
Lydia Flem, *La Vie quotidienne de Freud et de ses patients*, préface de Fethi Benslama.
Lydia Flem, *Paris Fantasme.*
Lydia Flem, *Bouche bavarde oreille curieuse.*
Nadine Fresco, *Fabrication d'un antisémite.*
Nadine Fresco, *La Mort des juifs.*
Françoise Frontisi-Ducroux, *Ouvrages de dames. Ariane, Hélène, Pénélope…*
Françoise Frontisi-Ducroux, *Arbres filles et Garçons fleurs. Métamorphoses érotiques dans les mythes grecs.*

Marcel Gauchet, *L'Inconscient cérébral.*

Hélène Giannecchini, *Une image peut-être vraie. Alix Cléo Roubaud*, postface de Jacques Roubaud.

Hélène Giannecchini, *Voir de ses propres yeux.*

Jack Goody, *La Culture des fleurs.*

Jack Goody, *L'Orient en Occident.*

Anthony Grafton, *Les Origines tragiques de l'érudition. Une histoire de la note en bas de page.*

Jean-Claude Grumberg, *Mon père. Inventaire*, suivi de *Une leçon de savoir-vivre.*

Jean-Claude Grumberg, *Pleurnichard.*

Jean-Claude Grumberg, *La Plus Précieuse des marchandises. Un conte.*

Jean-Claude Grumberg, *Jacqueline Jacqueline.*

Jean-Claude Grumberg, *De Pitchik à Pitchouk. Un conte pour vieux enfants.*

François Hartog, *Régimes d'historicité. Présentisme et expériences du temps.*

Daniel Heller-Roazen, *Écholalies. Essai sur l'oubli des langues.*

Daniel Heller-Roazen, *L'Ennemi de tous. Le pirate contre les nations.*

Daniel Heller-Roazen, *Une archéologie du toucher.*

Daniel Heller-Roazen, *Le Cinquième Marteau. Pythagore et la dysharmonie du monde.*

Daniel Heller-Roazen, *Langues obscures. L'art des voleurs et des poètes.*

Ivan Jablonka, *Histoire des grands-parents que je n'ai pas eus. Une enquête.*

Ivan Jablonka, *L'histoire est une littérature contemporaine. Manifeste pour les sciences sociales.*

Ivan Jablonka, *Laëtitia ou la Fin des hommes.*

Ivan Jablonka, *En camping-car.*

Ivan Jablonka, *Un garçon comme vous et moi.*

Roman Jakobson/Claude Lévi-Strauss, *Correspondance. 1942-1982.*

Jean Kellens, *La Quatrième Naissance de Zarathushtra. Zoroastre dans l'imaginaire occidental.*

Nicole Lapierre, *Sauve qui peut la vie.*

Marc de Launay, *Nietzsche et la race.*

Jacques Le Brun, *Le Pur Amour de Platon à Lacan.*

Jacques Le Brun, *Dieu, un pur rien. Angelus Silesius, poésie, métaphysique et mystique.*

Jacques Le Goff, *Faut-il vraiment découper l'histoire en tranches ?*

Jean Levi, *Les Fonctionnaires divins. Politique, despotisme et mystique en Chine ancienne.*

Jean Levi, *La Chine romanesque. Fictions d'Orient et d'Occident.*

Claude Lévi-Strauss, *L'Anthropologie face aux problèmes du monde moderne.*

Claude Lévi-Strauss, *L'Autre Face de la lune. Écrits sur le Japon.*

Claude Lévi-Strauss, *Nous sommes tous des cannibales.*

Claude Lévi-Strauss, *« Chers tous deux ». Lettres à ses parents, 1931-1942.*

Claude Lévi-Strauss, *Le Père Noël supplicié.*

Claude Lévi-Strauss, *Anthropologie structurale zéro.*

Claude Lévi-Strauss/Roman Jakobson, *Correspondance. 1942-1982.*

Monique Lévi-Strauss, *Une enfance dans la gueule du loup.*

Nicole Loraux, *Les Mères en deuil.*

Nicole Loraux, *Né de la Terre. Mythe et politique à Athènes.*

Nicole Loraux, *La Tragédie d'Athènes. La politique entre l'ombre et l'utopie.*

Patrice Loraux, *Le Tempo de la pensée.*

Sabina Loriga, *Le Petit x. De la biographie à l'histoire.*

Charles Malamoud, *Le Jumeau solaire.*

Charles Malamoud, *La Danse des pierres. Études sur la scène sacrificielle dans l'Inde ancienne.*

François Maspero, *Des saisons au bord de la mer.*

Fabio Morábito, *À chacun son ciel. Anthologie poétique (1984-2019)*, précédé de *Morábito poète orphique*, par Martin Rueff.

Marie Moscovici, *L'Ombre de l'objet. Sur l'inactualité de la psychanalyse.*

Maurice Olender, *Un fantôme dans la bibliothèque.*

Nicanor Parra, *Poèmes et Antipoèmes* et *Anthologie (1937-2014).*

Michel Pastoureau, *L'Étoffe du diable. Une histoire des rayures et des tissus rayés.*

Michel Pastoureau, *Une histoire symbolique du Moyen Âge occidental.*

Michel Pastoureau, *L'Ours. Histoire d'un roi déchu.*

Michel Pastoureau, *Les Couleurs de nos souvenirs.*

Michel Pastoureau, *Le Roi tué par un cochon. Une mort infâme aux origines des emblèmes de la France ?*

Michel Pastoureau, *Une couleur ne vient jamais seule. Journal chromatique, 2012-2016.*

Michel Pastoureau, *Dernière Visite chez le roi Arthur. Histoire d'un premier livre.*

Vincent Peillon, *Une religion pour la République. La foi laïque de Ferdinand Buisson.*

Vincent Peillon, *Éloge du politique. Une introduction au XXIe siècle.*

Vincent Peillon, *Liberté, Égalité, Fraternité. Sur le républicanisme français.*

Georges Perec, *l'infra-ordinaire.*

Georges Perec, *Vœux.*

Georges Perec, *Je suis né.*

Georges Perec, *Cantatrix sopranica L. et autres écrits scientifiques.*

Georges Perec, *L. G. Une aventure des années soixante.*

Georges Perec, *Le Voyage d'hiver.*

Georges Perec, *Un cabinet d'amateur.*

Georges Perec, *Beaux Présents Belles Absentes.*

Georges Perec, *Penser/Classer.*

Georges Perec, *Le Condottière.*

Georges Perec, *L'Attentat de Sarajevo.*

Georges Perec, *Espèces d'espaces.*

Georges Perec, *Lieux.*

Georges Perec/OuLiPo, *Le Voyage d'hiver & ses suites.*

Cristina Peri Rossi, *Babel barbare et autres poèmes.*

Catherine Perret, *L'Enseignement de la torture. Réflexions sur Jean Améry.*

Catherine Perret, *Le Tacite, l'Humain. Anthropologie politique de Fernand Deligny.*

Michelle Perrot, *Histoire de chambres.*

Michelle Perrot, *George Sand à Nohant. Une maison d'artiste.*

Denis Podalydès, *Les nuits d'amour sont transparentes. Pendant* La Nuit des rois.

J.-B. Pontalis, *La Force d'attraction.*

Jean Pouillon, *Le Cru et le Su.*

Jérôme Prieur, *Roman noir.*

Jérôme Prieur, *Rendez-vous dans une autre vie.*

Jérôme Prieur, *La Moustache du soldat inconnu.*

Jacques Rancière, *Courts Voyages au pays du peuple.*

Jacques Rancière, *Les Noms de l'histoire. Essai de poétique du savoir.*

Jacques Rancière, *La Fable cinématographique.*

Jacques Rancière, *Chroniques des temps consensuels.*

Jacques Rancière, *Les Bords de la fiction.*

Amos Reichman, *Jacques Schiffrin, un éditeur en exil. La vie du fondateur de la « Pléiade »*, préface de Robert O. Paxton.

Jean-Michel Rey, *Paul Valéry. L'aventure d'une œuvre.*

Jacqueline Risset, *Puissances du sommeil.*

Jean-Loup Rivière, *Le Monde en détails.*

Denis Roche, *Dans la maison du Sphinx. Essais sur la matière littéraire.*

Olivier Rolin, *Suite à l'hôtel Crystal.*

Olivier Rolin & Cie, *Rooms.*

Charles Rosen, *Aux confins du sens. Propos sur la musique.*

Israel Rosenfield, *« La Mégalomanie » de Freud.*

Pierre Rosenstiehl, *Le Labyrinthe des jours ordinaires.*

Paul-André Rosental, *Destins de l'eugénisme.*

Jacques Roubaud, *Poétique. Remarques. Poésie, mémoire, nombre, temps, rythme, contrainte, forme, etc.*

Jacques Roubaud, *Peut-être ou la Nuit de dimanche (brouillon de prose). Autobiographie romanesque.*

Jean-Frédéric Schaub, *Oroonoko, prince et esclave. Roman colonial de l'incertitude.*

Jean-Frédéric Schaub, *Pour une histoire politique de la race.*

Francis Schmidt, *La Pensée du Temple. De Jérusalem à Qoumrân.*

Jean-Claude Schmitt, *La Conversion d'Hermann le Juif. Autobiographie, histoire et fiction.*

Alain Schnapp, *Une histoire universelle des ruines. Des origines aux Lumières.*

Michel Schneider, *La Tombée du jour. Schumann.*

Michel Schneider, *Baudelaire. Les années profondes.*

Jean Schwœbel, *La Presse, le Pouvoir et l'Argent*, préface de Paul Ricœur, avant-propos d'Edwy Plenel.

David Shulman, Velcheru Narayana Rao et Sanjay Subrahmanyam, *Textures du temps. Écrire l'histoire en Inde.*

David Shulman, *Ta'ayush. Journal d'un combat pour la paix. Israël-Palestine, 2002-2005*, préface de Charles Malamoud.

David Shulman, *Un si sombre espoir. Sur les collines du sud d'Hébron. Ta'ayush II, 2007-2017*, préface de Maurice Olender.

Jean Starobinski, *Action et Réaction. Vie et aventures d'un couple.*

Jean Starobinski, *Les Enchanteresses.*

Jean Starobinski, *L'Encre de la mélancolie.*

Jean Starobinski, *Le Corps et ses raisons*, précédé de *Que la raison*, par Martin Rueff.

Anne-Lise Stern, *Le Savoir-Déporté. Camps, histoire, psychanalyse.*

Antonio Tabucchi, *Les Trois Derniers Jours de Fernando Pessoa. Un délire.*

Antonio Tabucchi, *La Nostalgie, l'Automobile et l'Infini. Lectures de Pessoa.*

Antonio Tabucchi, *Autobiographies d'autrui. Poétiques* a posteriori.

Emmanuel Terray, *La Politique dans la caverne.*

Emmanuel Terray, *Une passion allemande. Luther, Kant, Schiller, Hölderlin, Kleist.*

Emmanuel Terray, *Mes anges gardiens*, précédé d'*Emmanuel Terray l'insurgé*, par Françoise Héritier.

Camille de Toledo, *Le Hêtre et le Bouleau. Essai sur la tristesse européenne*, suivi de *L'Utopie linguistique ou la Pédagogie du vertige.*

Camille de Toledo, *Vies pøtentielles.*

Camille de Toledo, *Oublier, trahir, puis disparaître.*

Peter Trawny, *Heidegger. Une introduction critique.*

César Vallejo, *Poèmes humains* et *Espagne, écarte de moi ce calice.*

Jean-Pierre Vernant, *Mythe et Religion en Grèce ancienne.*

Jean-Pierre Vernant, *Entre mythe et politique I.*

Jean-Pierre Vernant, *L'Univers, les Dieux, les Hommes. Récits grecs des origines.*

Jean-Pierre Vernant, *La Traversée des frontières. Entre mythe et politique II.*

Ida Vitale, *Ni plus ni moins.*

Nathan Wachtel, *Dieux et Vampires. Retour à Chipaya.*

Nathan Wachtel, *La Foi du souvenir. Labyrinthes marranes.*

Nathan Wachtel, *La Logique des bûchers.*

Nathan Wachtel, *Mémoires marranes. Itinéraires dans le* sertão *du Nordeste brésilien.*

Catherine Weinberger-Thomas, *Cendres d'immortalité. La crémation des veuves en Inde.*

Natalie Zemon Davis, *Juive, Catholique, Protestante. Trois femmes en marge au* XVIIe *siècle.*

RÉALISATION : NORD COMPO À VILLENEUVE-D'ASCQ
IMPRESSION : NORMANDIE ROTO IMPRESSION
S.A.S. À LONRAI
DÉPÔT LÉGAL : AVRIL 2023. N° 152971 (2300549)
IMPRIMÉ EN FRANCE